DEDEMIN BAKKALI

雜貨店的
囧學徒

莎敏·亞夏爾 (Şermin Yaşar) ／著　　莫爾特·圖根 (Mert Tugen) ／繪　　謝維玲／譯

卡亞雜貨店

這本書講的都是**真實事件**，

但也有可能**不是**；

也許有的很真實，有的沒那麼真實。

書中人物都是假想出來的，

但也有可能不是。

我的意思是，有的可能是真的，有的可能是編出來的。

也許我**有點害怕**真實人物讀了這本書以後會生氣，

所以我才會說這是一本小說。

你可以想像，他們一定會碎念個沒完……

他們會說「你為什麼把我寫成那樣？」、

「你覺得我是那種人嗎？」、

「我不記得我說過那些話。」等等。

所以，我們乾脆先講好，這本書純屬虛構。

對！書裡的內容全是我編出來的！跟那些人沒有關係。

真的一點關係都沒有……

全是編出來的。

我說的是真的！

總之，書裡的這個小女孩

怎麼可能真的在雜貨店裡當學徒呢？別鬧了！

對吧？

沒錯！

願意與嘗試

郝旭烈（企業知名財務顧問）

「想，都是問題」

「做，都是答案」

很多人曾經問我小時候的志願是什麼？

每當認真回想的時候，雖然記憶非常模糊，但是不管說是工程師、老師、科學家，甚至是神父，都曾經是自己的選項。

最重要的關鍵，是這些選項都是曾經出現在我面前的叔叔、伯伯、阿姨，甚至是鄰居的哥哥姐姐。

如果是在認知以外的，就不可能在選擇清單裡面了。

所以不管是身為一個作家、講師、電臺主持人，或者是Podcaster，都絕對不是我曾經擁有過的夢想。

一方面是周遭的環境沒有出現過這樣的角色，但更

重要的是很多職業是隨著歲月而不斷推陳出新的。

　　就像我曾在自己著作裡面說的：

　　我不可能成為我們不知道的人，

　　我不可能理解我們不知道的事。

　　同樣對於財務或者商業思維來說：

　　我們無法賺到認知以外的財富，

　　我們無法找到認知以外的答案。

　　而所有人生或者是職場上的認知，都是從不斷嘗試，不斷累積經驗開始。

　　記得第一次接觸鐵人三項，是我30多歲正直壯年的時候，一位比我小了非常多年紀的20歲年輕人邀請我參加，當時我斷然拒絕了。

　　原因是他年紀這麼小，讓我直觀認為，鐵人三項應該是給年輕人參與的，而我自認為年紀很大，所以拒絕是理所當然。

　　沒想到在自己接近半百歲月的時候，兩位比我年紀更長的老大哥，他們分別在50多歲跟將近60歲完成了鐵人三項，邀請我也一起共襄盛舉。

這個時候我就不能用「年紀太大」來當作拒絕的理由了。

也因為這樣子的「嘗試」和「願意」，讓我在接近半百年紀，完成了226公里的超級鐵人三項。

就是這個經歷，讓我在之後歲月裡，常常告訴自己，沒有做過的事情，不要輕易說「我不行」，反而可以換個角度問問自己「怎麼樣我才行？」

從鐵人三項的體驗讓我理解到：

只要認為做不到，

結果一定做不到。

所有的願意和嘗試，才是讓自己有機會過上多彩繽紛人生的起點。

誠摯推薦這本《雜貨店的囝學徒》，它會帶領我們重溫那個小時候對世界充滿好奇、想要不斷探索的美好回憶。

讓所有的嘗試、所有的行動，都成為我們人生和職場最重要的養分和瑰寶。

想，都是問題，

做，都是答案。

獻給我的祖父……

這本書的作者 出生於一九八二年，但似乎還沒長大，仍然活在童年期。

她喜歡的事情包括：玩遊戲、聽童話故事、編故事、在街上閒晃、惹大人生氣。

她不喜歡的事情包括：沒有巧克力可吃、有人叫她穿暖和一點、在專心做事時被叫去吃飯、任何人都能訂定規則、大人管東管西的、大人永遠是對的等等。

她最害怕的是：蟑螂和皺著眉頭的大人……

她的夢想：多得寫不完……

她的孩子：圖納、梅特、娜美，還有她自己……

她的書：《Grandpa's Grocery-Apprentice》、《Exaggerating Powder》、《My Grandma Is Back》、《The Money Tree》……

目錄

一九九二年

你長大以後要做什麼？

　　告訴你，這會是大人最常問你的問題。如果你身邊有太多大人不知道怎麼跟小孩說話，那你最好要習慣這個問題和很多類似的問題。因為這些大人在得到答案以前是不會放過你的。

　　這些大人完全不懂得怎麼跟小孩說話。他們不知道怎麼說、該說什麼等等。

他們認為自己很聰明，而且把我們當成什麼也不懂的可憐小孩來看待。

基於這個原因，他們從來不會**問我們過得好不好？**也絕對不會跟我們聊天氣變冷了或冬天快到了這種事。他們不會對我們吐露自己的煩惱、夢想、困難、自己真正想做的事或是有什麼成就等等。不知道為什麼，他們總是認為我們一定聽不懂，所以他們遇到我們時，就只會問一些他們認為符合我們程度的問題。因為我們老早就知道大人缺乏幽默感，所以我們會給兩種答案：一種是心裡的答案，一種是用來交差的答案。

問題：學校怎麼樣？

用來交差的答案：還好。

心裡的答案：我是說，那是一棟四層樓的建築，為學生而設計的，還算舒服。只是走廊可以再大一點。

問題：你念幾年級？

用來交差的答案：八年級。

心裡的答案：已經念了八年了，我想我還會在學校裡待

很久。應該還好吧，因為我們不用付什麼錢。我念的是公立學校，所以肯定比那些每個月都要繳很多學費的人幸運……

問題：天哪，看看你，都長這麼大了。你是不是很能吃？
用來交差的答案：不是。
心裡的答案：對，我很能吃……吃得愈多，就長得愈大。因果關係就是這樣，對吧？我會一直吃，吃到變成大人。

問題：你長大以後要做什麼？
用來交差的答案：當醫生。
心裡的答案：我怎麼知道？！你要到了高中才會思考未來的出路。我知道應該選擇自己喜愛的工作，但是我不知道自己喜歡什麼。看著辦吧，我想？

　　然後，對話就在這裡結束，他們問不下去了。對他們來說，這是大人與小孩對話的終點，而最後一個問題會一直縈繞在我們的腦海裡。

我應該當醫生嗎？還是工程師？雖然我不知道工程師的工作是什麼……

　　也許當老師？不，當警察好了！還是記者？足球員？

　　當歌手？哇，那一定會很酷！我應該去演電影嗎？喔，我知道了，我會當演員……不然當個美髮師？

喔，天哪！
我長大以後到底要做什麼？

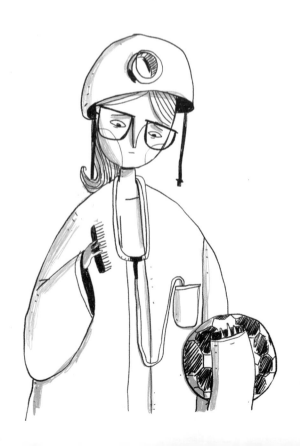

世界上最棒的職業！

　　對大人來說，「**你長大以後要做什麼？**」是個很重要的問題。我遇到的大人十個裡有九個都會這樣問我，所以我不得不找出一個令他們滿意的答案。

　　我得找到一個很棒的職業。

　　於是我開始觀察身邊的大人。

　　他們做什麼職業、那些工作的無聊程度、他們喜不喜歡自己的工作，這些都可以幫助我做決定。然後我列出了一份清單。

 大人

 職業

無聊程度

我媽 → 家庭主婦 → 整天待在家。
無聊死了。

我爸 → 上班族 → 每天上下班的時間都很固定。
無聊死了。

我舅舅 → 老師 → 每年都在教一樣的內容。
沒什麼新鮮感。

菲克瑞特叔叔 → 警察 → 要執行很多任務。
缺乏安全性。

 爺爺 → 咖啡店老闆 → 經營一個讓人們放鬆休息的地方，挺不錯的。
有趣。

雜貨店老闆 → 完全不無聊，因為一直會有顧客上門，而且隨時可以吃想吃的東西，反正那些東西都是你的，沒有人會對著你大喊，叫你付錢。你可以替你喜歡的顧客服務，忽略那些你不喜歡的顧客，這樣大家就會跟你相處得很好。你愛什麼時候關門，就什麼時候關門，沒有人會問你去哪裡。你可以一整天都坐著看報紙，掌握所有訊息。

阿公

他們喜歡自己的工作嗎？

有薪水嗎？

不喜歡，她老是説很討厭那些工作……

沒有。
她靠工作換取三餐。

太累了。
他老是説自己快被操死了。

我們勉強可以維持生活。

他常常抱怨
「現在的學生太難教了。」

每次談到薪水，他都會説自己只是個公務員，
所以我猜應該不高。

跟其他叔叔一樣。

他喜歡這份工作，
但是討厭穿制服。

茶飲太便宜了。
為了賺足夠的利潤，他每天得賣好幾百杯才行，所以不是很賺錢。

不喜歡。
他僱用的小弟替他做所有的事。他只碰自己的杯子，其他一概不碰。

賺翻了。
他的收銀機總是滿滿的。

他很喜歡，否則為什麼要在早上六點開門營業呢？他可以繼續睡他的覺。

這是世界上最棒的職業了！

那天，我決定了。我唯一可能會做的工作是：

當雜貨店老闆！

五分鐘後，我出現在阿公面前，因為等待是沒有意義的。長大以後成為雜貨店老闆沒什麼稀奇，如果在長大之前就成為雜貨店老闆，那才算是成功。

「阿公，我想要當個雜貨店老闆！你需不需要一個學徒？」

「需要，但是你得先試試看。」

「我可以做任何事。所有東西都有標價，我可以問顧客要買什麼、幫忙把貨拿過來、裝進購物袋、找零錢，然後開發票，結束。簡單得很！」

「你說得沒錯，很簡單……你知道嗎？你根本不必當學徒，你現在就可以當雜貨店老闆了。」

「真的嗎？那我現在要做什麼？」

「**把門口掃一掃。**」阿公回答。

我原本以為阿公會從沙發上站起來說：「來吧，孩子，我一直在等待這一刻。這個工作我已經厭倦了，我想要退休，雜貨店就交給你吧。」但阿公沒有這麼做，反而拿了一支掃把給我。

沒問題。

我做了一個決定。

我要從基礎做起。

我的阿公是雜貨店老闆

　　這是一間鄉下雜貨店，不是那種可以讓你推著購物車進去逛的大超市。它很小，就只有一個房間而已。我已經想好要怎麼整修，把空間變大一點了。如果一切按照計畫進行，也許過幾年就可以再蓋一層樓，擴大店面的規模。

雜貨店門口有三道臺階。你從街上走進店裡時，必須先踩過一塊平坦的紙板，以免把鞋底的灰塵、泥巴或水帶進店裡。

你或許會問：「為什麼不在門口擺個地墊呢？」

第一，在鄉下要找地墊不是很容易。第二，就算有地墊，你還是得每天清理它。第三，我們每天至少要開三箱的貨，那些紙箱都可以拿來利用，所以我們把它們收集在一個大布袋裡，然後放在後院。

我們還有一些不會用到的紙盒，像是口香糖盒、餅乾盒、巧克力盒那種小紙盒。你沒辦法把這些紙盒用在其他地方，而且數量實在太多了，所以我們會把它們撕開，然後燒掉。有一次我在撕紙盒的時候，發現了三個銅板，**三個銅板耶！**

阿公說，那些銅板是別人弄丟的，所以我可以留著。這就是在雜貨店裡工作會發生的事，我好開心。

從那天起，我就卯起來做這個辛苦的工作，**希望可以再找到銅板**，但是我怎樣也找不到了。是我把好運用完了嗎？或者那是阿公想出來的花招？偷偷把幾塊錢放進紙盒裡，讓我碰巧找到，然後我就會更勤快的繼續找下去。**真是太聰明了。**

這就是大人會做的事：他們一直不停在想花招。我可以想像他看著我，心想：「嘿嘿！她上當了。看看她，為了找銅板，那麼拚命的撕紙盒。呵呵呵！」

雖然我早就知道了，但因為他是我的阿公，也是我的老闆，所以為了表示對他的敬愛與尊重，我沒有大吵大鬧，而是**慢慢學習怎麼應付大人。**

那天，我在店裡替自己買了一本筆記本，然後寫下：

小孩面對大人時要注意的事

我的第一篇文章是：

現在讓我介紹**我的阿公，也就是雜貨店老闆**。因為他有一天可能會看到這本書，所以有些部分我會保留一點。他的身材不高也不矮，留著小鬍子，有個鮪魚肚，是個非常非常可愛又善良的阿公。我真的很幸運，有個這麼善解人意的阿公。希望他會翻到這一頁，看見我想要對他說的話，知道他對我有多麼重要。

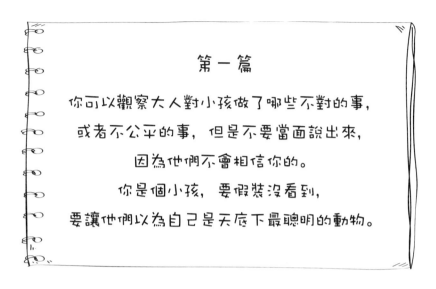

如果他讀到這裡，希望他會發現我都沒有說他有多愛生氣、多討厭、多常瞪著我，還會莫名其妙大聲對我說：「你為什麼會這樣？到底是跟誰學的？」或是在我說話時擺臉色給我看、要我閉嘴。不只如此，每當他拿出口袋裡的梳子，梳理他那濃密的眉毛和鬍子時，我都會忍不住笑出來（當然是偷笑）。

　　而且，我覺得阿公很神奇，他就算在看報紙，也能知道我在做什麼，或者誰走進了雜貨店、誰走出了雜貨店。他完全不必抬起頭來看。**他一定有超能力！**

　　接下來，我要介紹**我爺爺，也就是咖啡店老闆**。我在這本書裡偶爾會提到他。他的咖啡店離雜貨店不遠，如果用跑的，要跑九十步；如果用平常的速度走路，要走一百二十步。我每天都會從其中一間店跑到另一間店。

　　我爺爺是個怪人，就算全世界都失火了，他也不在乎。他整天都在喝他的茶、撥弄手上的念珠、和路人談天說笑。但我就是喜歡他這樣。每次我對阿公生氣，忍著淚水跑來找爺爺抱怨：「你知道阿公是怎麼對我的嗎？」爺爺總是會打斷我的話，跟我說：「**別想那麼**

多，來一杯『歐拉雷特[1]』吧！」

聽起來好像他覺得「歐拉雷特」可以解決所有問題一樣，不過還真的有效，我每喝一口，怒氣就消了一點。然後，我會跑回雜貨店工作，然後又氣嘟嘟的跑來咖啡店。我的一生大概就會這樣度過吧。

注1　歐拉雷特（Oralet）：泛指水果口味的即溶甜味熱飲，從一九六〇年代開始在土耳其廣受歡迎。

我的工作時間

　　阿公每天早上六點就會到雜貨店開門做生意。我本來以為那是因為他熱愛自己的工作，但是**我錯了！**

　　麵包店的人在早上六點就會把麵包送來，所以阿公一定得開門才行。我在開始工作的那個星期，也是早上六點就到了雜貨店。

　　「天啊，你為什麼這麼早來？」

　　「什麼叫做『為什麼這麼早來』？我不是你的**學徒**嗎？現在是營業時間，我就該在店裡。」我說。

　　後來，我打消了這個荒謬的念頭，因為早上八點以前都不會有顧客來，而且阿公會利用這兩個小時在沙發上呼呼大睡。

　　雜貨店裡有一個灰色的箱子，裡面裝滿了糖，所以叫做**糖箱**──只要顧客來買糖，我們就會把箱子裡的糖舀出來，裝進顧客的袋子裡。

因為沙發是阿公的寶座，所以我只能坐在糖箱上休息，有時候還會做起白日夢。

我幻想這個箱子充滿魔力，而且我撒了笑粉在裡面，所以每個來買糖的顧客都會笑得東倒西歪。我還幻想他們用這些糖來做水果蜜餞，然後整個村子都充滿**咯咯咯**的笑聲。

只可惜，阿公的鼾聲很大，所以我根本沒辦法好好做我的白日夢。

第一個星期，我每天一大早就到雜貨店工作，但是我很快就放棄了這個做法，而是等到九點才出現。公務員都是九點上班的，所以我也不例外！

早上，我坐在雜貨店裡陪阿公，可是到了中午，阿公就會突然不見人影。

「如果有什麼事，我都在家裡。」他會丟下這句話，然後直接閃人。

怎麼會有人想要回家呢？說實話，我絕對不會這麼做。真搞不懂為什麼大人那麼喜歡待在家裡，不去外面走動走動或者玩遊戲。

有一天，我決定把店門關上，跑去看看阿公每天回家午休一小時到底都在做什麼，我真的很好奇。後來，我找到答案了⋯⋯**他在睡午覺！**我無法相信自己的眼睛，他每天從早上六點睡到八點，中午十二點又回家繼續睡。我實在受不了這些貪睡的大人，他們只要抓住機會，就會睡上一整天⋯⋯我知道我每天晚上非得等到媽媽開始對我嘮叨，才甘願上床睡覺。

阿公在下午一點睡醒以後，會先去清真寺，再去咖啡店。在去咖啡店之前，他會順便到雜貨店嘀咕個幾句、做點事情，然後再去一趟清真寺、咖啡店、雜貨店。當然，我又會聽到一陣碎碎念：「**你怎麼這樣做呢⋯⋯**」等等。最後，到了下午五點，他會說：

「你可以下班了。」

我對我的工作時間還算滿意，只是我會在這段時間吃一堆**垃圾食物**，所以我的胃不太舒服，也很難適應。我試著告訴自己：「放心，這些東西全都是你的，你愛吃多少就吃多少，沒有人會跟你搶。」想說這樣應該可以阻止自己，但是一點用也沒有。我坐在糖箱上時，滿腦子都在夢想明天打算要吃的東西。

我是為這些夢想而活的，所以只要阿公一踏出雜貨店，我就會立刻跑到零食區。我會先吃甜的零食，等到肚子開始變得不對勁以後，我就會吃鹹的零食來平衡一下，然後我會喝汽水解渴，然後再去吃甜食、吃鹹食、喝汽水，一直重複下去……

後來阿公告訴我媽：「她在店裡吃了好多零食，所以回家以後應該吃不下晚飯。」我就說嘛，阿公有**超能力**，因為他不可能知道我趁他不在的時候吃了多少零食。

我經常把吃完零食的包裝袋丟進雜貨店的垃圾桶裡。有一天，舅舅來了，他一走進店裡就坐到阿公的沙

發上（因為他是阿公的兒子，所以滿有地位的），
然後一直盯著垃圾桶看。

「看看你吃了多少東西：洋芋片、巧克力、夾心
酥、汽水、口香糖、堅果……」他說。

我根本沒注意到自己留下那麼多證據。於是，阿公
也開始檢查垃圾桶了。從那天起，我就把我的垃圾全都
丟進雜貨店門口的垃圾箱裡，這樣就沒有人知道我吃了
哪些東西。

我在筆記本裡記下簡短的文字。雖然稱不上是一篇
文章，但是無所謂啦。

其實，我們小孩很誠實，
都是大人害我們背著他們做些偷偷摸摸的事，
到最後把我們變得跟他們一樣……

櫻桃氣泡水

　　鄉下的雜貨店需要供應人們隨時可能會用到的**任何東西**。你供應的商品愈多，就愈不會讓顧客失望，服務口碑也會**愈好**。但是為了做到這點，你必須確定你需要哪些商品，而且要經常補貨。

　　雜貨店入口的右邊有個擺放洋芋片的大櫃子。以前那裡擺著一張長椅，我說的「以前」是指洋芋片還沒發明和上市販售的時候，那時顧客經常坐在長椅上跟我們聊天，想聊多久就聊多久……甚至如果有些顧客聊太久了，我們還會請他們喝汽水。**等一下**，你還在聽吧？

　　是的，曾經有一段時間，世界上還沒有洋芋片這種東西，所以那時候的小孩子沒有洋芋片可以吃，我想他們的零食只有餅乾、口香糖和一些堅果而已。

後來，洋芋片終於來到我們雜貨店，而且有各種口味、大小和形狀，所以我們需要有個櫃子來擺放。我們把長椅丟掉，換成櫃子，而且不再請顧客喝汽水，所以他們也不需要有地方坐了。

雜貨店入口的左邊有個汽水冷藏櫃。你需要隨時把冷藏櫃裡的汽水瓶擺好擺滿，因為顧客看到的飲料愈多，就會愈想喝，然後就有愈多的汽水可以賣出去。

那時候，我們沒有賣礦泉水，大家都習慣喝自來水，所以如果有路人跟我們討水喝（偶爾會發生），我們就會拿一杯自來水給他們，就這樣。而且我們店裡也沒有很多種飲料，只有汽水、果汁和礦泉水，**沒有其他的選擇！**

年輕人常喝汽水，小孩子常喝果汁，年紀大的人常喝礦泉水。

這是我開始工作的第一個星期，因為是夏天，所以外面很熱。我把櫃子上的飲料排好，把空瓶子放進紙箱裡。就在這時，有個小孩走進店裡買果汁。

「你要水蜜桃汁、杏桃汁，還是櫻桃汁？」我問。

「隨便。」他說。

「什麼叫做隨便？你分辨不出口味嗎？」我沒這麼說。對顧客說話不能這麼直白。

「那就水蜜桃汁吧。」我說，然後拿了一瓶給他。

這時，薩利伯伯來了。

「給我一瓶狂泉水。」他說。

我邊笑邊拿給他。

你不可以對顧客說：「薩利伯伯，看看你說了什麼，這個笑話超冷的。」你要一笑置之，甚至可以順著他們的話說：「狂泉水……狂泉水……礦泉水……真的好有哏喔，薩利伯伯，哈哈哈……」

但是我不會那麼誇張。如果顧客的笑話還不錯，我會跟著大笑，否則**我只會微笑一下，然後繼續做我的事。**

接著，梅汀大哥走進店裡，喝了一瓶汽水以後就離開了。年輕的顧客有個優點，他們都會自己來。我們

在櫃子旁邊放了一個開瓶器，所以他們可以自己打開飲料，喝完以後把空瓶子直接放進紙箱裡，**完全不用操心！**

過了半小時，哈蒂潔大姊進來了。

「快渴死了，該喝什麼才好呢？」她說。

猶豫不決的顧客……我怎麼知道你該喝什麼才好？

「汽水。」我說。

「不行，氣泡太多了。」她說。

「礦泉水。」我說。

「我不愛。**你覺得我看起來像個老奶奶嗎？**」她說。

「一點也不像！那果汁呢？」我問。

「如果我要喝果汁，乾脆在家裡吃蜜餞算了。」她說。

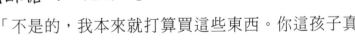

她盯著櫃子看了一會兒……

「拿一公斤的糖和一包麵粉給我。」她說。

「哈蒂潔大姊，你說你很渴，現在卻決定要做**哈爾瓦酥糖**[2]了，是嗎？」

「不是的，我本來就打算買這些東西。你這孩子真

有趣！」她微笑著說。

　　我不懂我哪裡有趣。總之，我那天沒有成功幫這位猶豫不決的中年顧客解渴。

　　哈蒂潔大姊走了以後，我坐在糖箱上開始思考。**顧客心滿意足，生意才會興隆**，但是我們沒有滿足哈蒂潔大姊的期望。有些顧客覺得自己過了喝汽水的年紀，卻也還沒有老到要喝礦泉水，難道我們就該讓他

注2　哈爾瓦酥糖（halwa或halva）：一種酥脆甜點，通常用芝麻醬製成。

們失望，就像我讓哈蒂潔大姊失望一樣嗎？**他們需要喝到自己想喝的東西。**

於是，我開始調配飲料。我知道我在找到正確的配方以前會浪費掉幾瓶，所以我都會等阿公去清真寺以後再開始行動，他只要一踏出店門，我就去拿飲料。我把果汁和汽水混搭在一起，也把汽水和礦泉水混搭在一起。杏桃汁配汽水完全行不通，如果有人喝到這個組合，大概再也不會來我們雜貨店了。櫻桃汁配氣泡礦泉水是成功的組合，但還需要一點糖，所以我加了兩塊方糖進去。

太棒了！太讚了！太妙了！

「如果我覺得好喝，大家也會覺得好喝吧。」我心想。在夏天賣這款飲料，應該可以賺大錢，如果我們賺得太多，我會把店面擴大，讓阿公退休，然後我會變成一個傳奇人物：

櫻桃氣泡水傳奇人物！

我們會在標籤上面寫著「果汁和氣泡礦泉水的完美組合」。

我很喜歡看電視上的廣告，還有宣傳冊以及包裝袋上的文字。

　　我最愛「色雷斯農產合作社」沙拉油罐上的標語：

　　「色雷斯農產合作社，為消費者和生產者服務……」

　　看看他們的產品，再看看這句標語：「為消費者和生產者服務……」，你還能要求什麼呢？我的產品也要像這樣。中年顧客一定會喜歡這款櫻桃氣泡水，而且男女老少也可以喝。

我迫不及待等著阿公結束星期五祈禱儀式，但是他一直沒有出現。時間一點一滴的過去⋯⋯我一邊等，一邊喝完了三杯櫻桃氣泡水。等到阿公回來以後，他一定也會喝，然後大大的稱讚我。最後，他終於走出了清真寺。「我要去咖啡店了。」他站在那裡比著手勢說。

　　我很想大喊：「拜託⋯⋯什麼咖啡店⋯⋯現在立刻給我回到雜貨店來。」可是你不能對阿公說這種話。我再也等不下去了，我太興奮了。我在前面說過，我爺爺在開咖啡店，所以有時候我也會在那裡工作。

　　鄉下咖啡店是人們最常聚集的地方，很多閒閒沒事做的人都會在那裡打發時間。於是，我想到了一個超棒的點子。我可以把我的新發明帶去咖啡店，讓大家喝喝看我的美味飲料，我可以想像人們喝著我的櫻桃氣泡水。這真是太聰明了。於是我端著杯子走到咖啡店。

　　爺爺看見我手裡的杯子說：「外面的飲料不能帶進來，孩子。」

　　噢，你⋯⋯你這老先生真有趣⋯⋯

　　「我是你的孫女，記得嗎？今天早上我才幫你拿報紙、眼鏡和水的。你派我去雜貨店三次，叫我關窗戶兩

次。」我說。

他挑起一邊的眉毛。

「孩子，你都在記這些事嗎？」爺爺問。

「當然，我都在記這些事。給我一杯歐拉雷特，就可以換到這些服務。」我說。

「簡直是**敲詐**。」爺爺說。但是他讓我進去了。

然後我去找雜貨店阿公，他正在樹下和凱莫伯伯一起看報紙，真是個無憂無慮的雜貨店老闆……看這個樣子，你可能會以為我才是雜貨店老闆。但可想而知，有了像我這樣的學徒，他可以照自己的步調祈禱、到咖啡店串門子，還有看報紙。真爽！

我很生氣，但現在不是抱怨的時候，我還有更重要的事要做。我把阿公也請過來，現在他們兩個看著我。

「我有個好點子。我把氣泡礦泉水和櫻桃汁混在一起，結果很好喝。我們趁夏天來賣這種飲料吧，一定會賺很多錢的。」我對阿公說。

他看了玻璃杯一眼，然後看著我。

「我們是在開咖啡店嗎？我們賣的是瓶裝飲料，不能用杯子裝飲料！讓你爺爺來賣吧。」他說。

他說得對，我沒有想到這點。如果我們用杯子裝飲料，就不是在開雜貨店了。於是我對爺爺說：

「那你來賣好了，你一定會賺很多錢的！」

爺爺露出平常那一副無憂無慮的樣子，把兩手放在口袋上說：「如果我把兩種飲料分開來賣，我會賺更多的錢！」

我氣壞了。「你們根本不懂得做生意！」我對著他們大喊。

這時阿公展開反擊，他問了一個簡單的問題：

「現在是誰在顧店？」

「沒人顧店。」我邊說邊跑回雜貨店。

我忙著指責祖父們不懂得做生意，自己卻丟下沒鎖門的雜貨店不管。

我那杯美味的飲料還留在咖啡店的桌上，我不知道他們會把它喝掉，還是把它倒掉。

我回到雜貨店以後，不停的埋怨自己。丟下雜貨店跑出去是個天大的錯誤。

但真正的錯誤是，我**太替別人著想了**。

「還是少管閒事。」我對自己說。就讓阿公把顧客趕跑吧，就讓哈蒂潔大姊找不到想喝的飲料吧，就讓爺爺的咖啡店只供應茶水和歐拉雷特吧……

少管閒事。

我氣呼呼的從櫃臺下面拿出那本《小孩面對大人時要注意的事》筆記本，然後寫下第二篇文章：

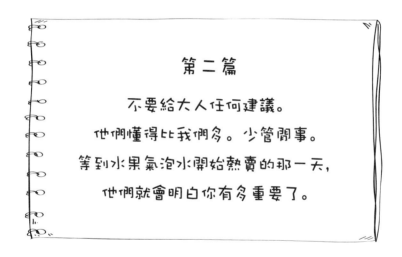

第二篇

不要給大人任何建議。
他們懂得比我們多。少管閒事。
等到水果氣泡水開始熱賣的那一天，
他們就會明白你有多重要了。

窮困的穆斯塔法大哥

飲料櫃旁邊是食品架，架子上有一罐罐的番茄醬、果醬、蜂蜜和巧克力醬。你只要打開罐子，就能立刻看到美味的巧克力醬……

有一天，我把巧克力醬擺到架子上時，突然想到了一個超棒的點子。大家在打開罐子看到巧克力醬時，都感到很開心，所以我想如果他們在打開罐子時看到一排小字，一定會更開心，然後跟我們買更多巧克力醬，讓自己愈來愈開心。這樣一來，我們就會發大財，甚至可以把生意愈做愈大。我太喜歡這個點子了！

於是我把架子上的巧克力醬全都拿下來，一罐接一罐的打開蓋子，然後用火柴棒在巧克力醬裡刻下「**請慢用！**」這幾個字。雖然這是個大工程，但我還是順利完成了。明天早上我們的顧客在吃早餐時，一定會露出會心的微笑，然後把這份喜悅散播給全村的人。

　　隔天，我自豪的走進雜貨店。我以為阿公會好好誇獎我一番，但是他還沒有什麼反應。我想，等到他看到開心的顧客以後就會明白了。這時，第一個顧客來了，他手上拿著剩下一半巧克力醬的罐子。

　　「來了來了！」我對自己說。「這個顧客太讚了，他甚至帶著巧克力醬來讚美我們，他一定會拿給阿公看的……」

「這是怎麼搞的？」顧客說。

「怎麼了？」阿公問。

「有人開過這罐巧克力醬，還在裡面刻字。」

「開什麼玩笑？不可能有這種事。這一看就知道，你是吃了一半才拿來退的。換個理由吧。」

我的眼珠子隨著他們爭吵左右移動，就像在看人家打桌球一樣。突然間，有個女顧客也拿著一罐巧克力醬進來了。

「老大哥，這到底是怎麼回事？」女顧客說。

「你在說什麼？」阿公問。氣氛開始變得有一點緊張。

我無法忍受這種場面，於是我勇敢的站出來說：

「是我做的。」

我想要結束這個混亂的場面，結果阿公用嚴厲的眼神看我，就是那種「孩子，你為什麼要幹這種蠢事？到底是跟誰學的？」的那種眼神。

「我是好心要幫助大家！我又沒有在巧克力醬裡刻髒話，我只刻了『請慢用』而已。」

「這時候你可能已經在刻髒話了，你沒有理由這麼

做！」阿公說。

　　但是他沒有發飆，只是對自己嘀咕。

　　「以後不要再做這種事了。」阿公說。

　　「好啦，」我回答，「不做就不做。」

　　這次，換我對自己嘀咕。我從櫃臺下面拿出那本《小孩面對大人時要注意的事》筆記本，然後寫下第三篇文章：

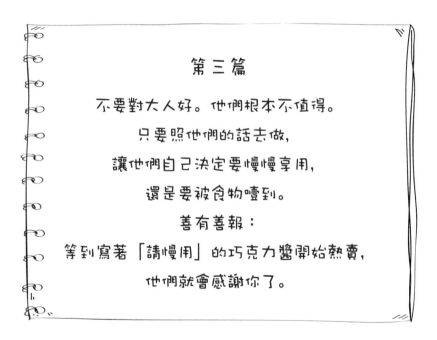

第三篇

不要對大人好。他們根本不值得。
只要照他們的話去做，
讓他們自己決定要慢慢享用，
還是要被食物噎到。
善有善報：
等到寫著「請慢用」的巧克力醬開始熱賣，
他們就會感謝你了。

　　在巧克力醬貨架的上層，擺的是洗髮精和肥皂。我想我需要坦承一件事：每當我把手弄髒的時候，我都會打開一瓶洗髮精，倒一點在手上，然後去村子的噴水池那裡洗手。回想起來，我猜我不應該使用原本屬於別人的洗髮精（雖然只有一點點），但是我每次都會開新的一瓶來用，所以就算做得不對，至少我很公平。當然，這不能證明我的行為很合理。總之……**沒有人不犯錯。**

　　在洗髮精貨架的上層，擺的是一罐罐沙拉油，下層則是一籃籃的橄欖。以前的人都會把橄欖放在籃子裡出售，再用鏟子裝進塑膠袋裡賣給顧客。那時候，橄欖只有一種，不像現在的市場裡有這麼多種。想想看，這個村子裡至少有三百個居民在早餐時吃同一種橄欖，**這很奇怪，不是嗎？**

　　你需要懂得秤重，才能在雜貨店裡當個好幫手。舉例來說，如果需要秤一公斤的糖，你卻多秤了一百公克，雜貨店就會賠錢，如果你少秤了，顧客就會吃虧。所以你需要秤得很準，**這也是為什麼雜貨店要使用「精密秤」。**

大家跟我們買東西時，通常是用公斤做單位，例如：一公斤的糖、兩公斤的布格麥[3]、半公斤的乳酪、一公斤的優格……只有穆斯塔法大哥例外，他每次來店裡都是買**五十公克的乳酪、五十公克的橄欖**和一塊麵包……他還會順便買一份報紙。

阿公告訴我，穆斯塔法大哥一個人生活，沒有親人也沒有錢。而且因為他的頭腦明顯不太靈光，所以找不到適合的工作……他只能在田裡做事，勉強維持生計。

「如果他要買五十公克的東西，你就給他一百公克，再拿一點哈爾瓦酥糖給他。不要跟他算酥糖的錢，算其他東西的錢就好。」阿公對我說。

「既然要幫助他，那就**幫到底**，乾脆連乳酪和橄欖也送他好了。」

「不行，這樣會讓他過意不去，然後再也不來店裡了，我們還是要向他收錢才行。」

我真搞不懂阿公的邏輯。

注3　布格麥（Bulgur）：碾碎的乾小麥。

每當穆斯塔法大哥來店裡，我都得裝模作樣，所以壓力真的很大：

● 穆斯塔法大哥很窮，可是我不能把他當窮人看。

● 如果穆斯塔法大哥買五十公克的東西，我要拿一百公克給他，可是又要讓他以為只有五十公克。

● 就算穆斯塔法大哥不需要哈爾瓦酥糖，我還是要送他哈爾瓦酥糖，可是又不能天天送。所以我到底要多久送一次？

● 我知道穆斯塔法大哥很窮，可是我還是要向他收錢。如果不希望他難過，就必須這麼做。

　　於是，我只要一看到穆斯塔法大哥，就會很想躲起來。我會兩腿發軟，不知道該怎麼辦。他離開雜貨店以後，我會坐在糖箱上想像他怎麼享用那些食物。

　　在我的想像裡，穆斯塔法大哥會一個人坐在樹下，攤開報紙鋪在地上，再把一百公克的乳酪以及橄欖放在報紙上。這時我就會開始哭，然後，隔天他又會到店裡來！

　　有一天，我在糖箱上哭著哭著，突然想到了一個好辦法。我可以當**羅賓漢**，在村子裡行俠仗義、劫富濟

貧。我具備所有的條件：我認識一個窮人，而且可以從
雜貨店的帳簿裡找出有錢人。「**就這麼決定了。**」
我說。

隔天，穆斯塔法大哥又來了。他要買五十公克的乳酪、橄欖和一塊麵包。

　　「穆斯塔法大哥，阿公叫我拿一公斤的橄欖和一公斤的乳酪給你，錢以後再算。霍加先生在做善事幫助別人。我想阿公是這樣跟我說的。」

　　我喜歡這句話。有時候，顧客會在店裡跟阿公聊聊，然後說：「**錢以後再算。**」所以這是個好方法，我也可以拿來用。

　　再說，霍加先生很有錢，就算我在他的帳上多寫一公斤的橄欖或乳酪，也不會有人發覺。我沒有質疑霍加先生透過雜貨店捐贈橄欖和乳酪的荒謬性，穆斯塔法大哥也沒有，他拿了自己的一份以後就離開了。

　　過了那天以後，穆斯塔法大哥就只買麵包了。我好開心、好驕傲。二十天後，他來買乳酪和橄欖時，我又使出同一招，把一公斤的乳酪和一公斤的橄欖記在霍加先生的帳上，甚至把哈爾瓦酥糖也一起寫上去。我把一公斤的哈爾瓦酥糖拿給穆斯塔法大哥，然後他驚訝的看著我。

　　「霍加先生叫我們送哈爾瓦酥糖給你，慶祝他的小

孫子出生。」我說。

穆斯塔法大哥露出微笑，我也露出微笑，因為我覺得自己實在太聰明了。

有一天，我聽見霍加先生和阿公為了帳簿吵起來。霍加先生說：「我沒有買那些東西。」但是阿公堅持說他一定有買。

「我沒買。我的乳酪和橄欖都是去布爾薩[4]買的。」

「如果你沒買，我們怎麼會寫在帳簿上呢？」

我對霍加先生憑著自己有錢就看不起我們的乳酪和橄欖，感到很生氣。阿公發現我擺出一副臭臉。

「這是不是你寫的？」他說。

我本來想說：「那是俠盜羅賓漢寫的。」但我沒有，我只是點點頭。

「這真的是你寫的？」

「對。」

「霍加先生到底有沒有買乳酪、橄欖和哈爾瓦酥糖？」

注4　布爾薩（Bursa）：出產許多著名土耳其食品的城市。

「沒有。」

「那你為什麼要寫在帳簿上？」

「因為他很有錢。」

「人家很有錢關你什麼事呢？你又不是他的小孩，對吧？」

「對，但我這麼做是有原因的……我要把乳酪和橄欖送給穆斯塔法大哥。」

「哪個穆斯塔法大哥？」

「就是那個需要幫助的穆斯塔法大哥。他每次只買五十公克的東西，我常常都秤不準，所以我拿一公斤給他，然後把錢記在霍加先生的帳上，因為霍加先生很有錢，而且這是在做善事。」

「做善事是花自己的錢，不是花別人的錢！」

「阿公，不然你把霍加先生的帳取消，記在我的帳上。我可以跟爺爺拿錢，再把欠的錢還你。」然後我哭著離開雜貨店。

我很久以前就發現這一招：讓阿公和爺爺互相比較，讓雙方都變得很生氣。例如：到了開齋節那天，我就會說：「你真的只給我這些錢嗎？阿公／爺爺給我的

錢比這還多。」然後他們就會馬上掏出更多的錢給我，每次都成功。

「回來跟霍加先生道歉，順便拿點乳酪和橄欖給穆斯塔法，反正你已經讓他養成習慣了。還有，不准再碰那本帳簿。」阿公說。

「我死也不碰那本帳簿了。」我說。然後我拿出那本《小孩面對大人時要注意的事》筆記本，寫下第四篇文章：

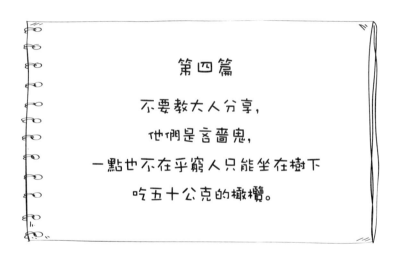

第四篇

不要教大人分享，
他們是吝嗇鬼，
一點也不在乎窮人只能坐在樹下
吃五十公克的橄欖。

高個子穆拉特

　　雖然我的櫻桃氣泡水計畫宣告失敗，但是我們店裡的飲料在夏天賣得還不錯。不過，真正的明星商品是**冰淇淋**。每到夏天，阿公就會把暖爐移開，在空出來

的地方擺一臺很大的冰淇淋櫃，然後放入巧克力和香草口味的冰淇淋，再把脆皮甜筒杯擺在冰淇淋櫃旁邊。

雖然我們開的是雜貨店，但是當時機來臨時，我們也有辦法把它變成冰淇淋店。

到了冰淇淋開賣的第一天，村子裡的小孩就會把這句充滿魔力的話傳出去：

「雜貨店開始賣冰淇淋囉！！！」

然後那些小孩就會來我們店裡買不同口味的冰淇淋。我無法理解為什麼他們會為了吃冰淇淋變得這麼瘋狂。

站在結帳櫃臺裡的感覺很不一樣。我把甜筒冰淇淋拿給那些小孩，向他們收錢以後，都得提醒他們吃完要記得喝水。我常常問自己：「我們到底在開雜貨店，還是在開冰淇淋店？我們到底在賣冰淇淋，還是在當這些小孩的保母？為什麼我還要提醒他們喝水呢？」

冰淇淋開賣的第一個星期，村子裡的小孩都會猛吃冰淇淋。到了第二個星期，我們的生意就開始變差，我猜那是因為他們已經吃不下了。

冰淇淋櫃要有電才能運作，如果停電

了，冰淇淋不到幾小時就會融化，所以夏天只要停電，阿公就會生氣。阿公一天到晚都在找事情讓自己生氣，但是如果遇到停電，他還會**更生氣**。每當村子停電，他就得從冰淇淋櫃裡拿出一桶桶的冰淇淋，用車子載到鎮上最近一間沒有停電的冰淇淋店暫時擺放。等到電力恢復以後，我們就會打電話跟阿公說，可以把冰淇淋載回來了。

阿公只要遇到停電，就會變得很緊張。看到他忙成那樣，我也很苦惱，每次都很想把全村的小孩找來，告訴他們：「你們看，我阿公這麼辛苦，都是為了讓你們可以吃到冰淇淋。現在快去買一點冰淇淋，然後親他的手背，對他表示感謝。」但是我沒有真的這麼做，因為「顧客永遠是對的」，雖然我不懂**這怎麼可能**⋯⋯

有一年夏天，爸媽帶我去主題樂園，卻只准我玩三樣遊樂設施。我對大人這種限制小孩的做法感到很失望，那是我第一次去主題樂園，他們其實可以讓我玩個過癮，為什麼要規定我最多只能玩三樣？

總之，我坐了碰碰車和貢多拉船，但是我拒絕用

掉第三個機會（只是想掃一掃爸媽的興）。我跟他們說，第三個機會留給他們。如果我最多只能玩三樣，那我不想把機會用光。我在用自己的方式讓他們知道，**我比他們慷慨大方**。我在提出觀點，我在給他們上一堂課。但是根本沒有人在乎，他們只說「好吧」，然後就走開了。

我爸媽是全天下最不乾脆的父母，**他們會給我好處，但總是讓我享受不到！**

我媽說：「我們去買冰淇淋吧。」

「那我們最多可以買幾球？」我問。很可惜，她聽不出我的意思。我們買了馬拉斯冰淇淋[5]，但冰淇淋老闆不是來自馬拉斯，而是來自距離馬拉斯九百公里遠的布爾薩。他會先依照慣例捉弄一下顧客，就是拿一支長桿子把冰淇淋送到你面前，然後在你快要接住冰淇淋時，突然用那支長桿子敲響掛在頭頂上方的鈴鐺。所以雖然你伸出手來接，卻只會接到空的脆皮甜筒杯，整支冰淇淋還在他手裡。那個老闆很會表演，他甚至穿戴了土耳其的傳統帽子和背心。

「我想看冰淇淋老闆表演。」我說。

注5 馬拉斯冰淇淋：源自馬拉斯（Maraş）的土耳其冰淇淋。

「繼續走，邊走邊把冰淇淋吃完。主題樂園裡有那麼多好玩的東西，你卻要看冰淇淋老闆表演？快來，來看這個哈哈鏡。」我媽說。

我聽爸媽的話，只因為我是他們生的。我知道我應該一邊看著哈哈鏡，一邊笑著說：「**哇，好好笑喔**。」所以我這麼做了，然後我們就回家了。

在回家的路上，我想到了一個超棒的點子。我們可以用主題樂園裡那個老闆的方法來賣冰淇淋，這樣就會吸引很多顧客上門。村子裡的小孩每天都會像開賣的第一天那樣興奮的來買冰淇淋，然後我們會賺大錢，把店面擴大。

回到村子裡以後，我就開始執行我的計畫。

我替阿公找到一頂帽子和一件背心。雖然我為了找它們，把阿嬤的衣櫃翻得亂七八糟的，但這也是沒辦法的事。

我們還需要一個鈴鐺。我知道可以去哪裡找。阿嬤以前養了一些綿羊，那些綿羊的脖子上都掛著鈴鐺。雖然阿公阿嬤已經賣掉了綿羊，但我想他們在賣掉之前，一定有先把鈴鐺拿下來。於是我拿著手電筒走進羊舍，

那裡又暗又臭的程度超出我的想像，但因為鈴鐺是我計畫裡很重要的一部分，所以我查看了每個角落和縫隙，最後終於找到一個鈴鐺。我把它洗乾淨，繫上一條緞帶，然後掛在冰淇淋櫃的上方。

我在前面說過，冰淇淋櫃就擺在冬天放暖爐的地方，也因為這樣，那裡有一根煙囪管連接到天花板。我需要把鈴鐺掛在煙囪管上，但是我不夠高，於是我想到可以拜託待會兒第一個上門的顧客幫忙。

第一個上門的客人是**小魯琪耶阿姨**，她個子矮矮的，甚至比我還要矮，所以大家都叫她小魯琪耶。雖然村子裡沒有大魯琪耶（她是唯一一個叫做魯琪耶的人），但是大家還是替她取了這個綽號，因為她的個子特別嬌小。

就在我感嘆自己運氣很差的時候，**高個子穆拉特**走了進來。高個子穆拉特長得很高，根本不需要梯子。他站在汽水搬運箱上，一下子就把鈴鐺掛上去。他在下來以前還用力敲了鈴鐺一下，害我嚇了一跳……但我還是跟他說謝謝。

「我要去布爾薩打籃球了。等我成為籃球員以後，

就會回到村子裡。」他說。

「好，祝你一切順利。我相信他們找不到比你個子更高的人了。你不需要梯子就能把鈴鐺掛到天花板上，他們還能要求什麼呢？」

就在這時，阿公來了。他看到鈴鐺，然後說：

「那是什麼？」

「**鈴鐺。**」

「什麼鈴鐺？」

「綿羊的鈴鐺。」

「為什麼要掛在這裡？」

「阿公，快點戴上這頂帽子，穿上這件背心……」

「帽子？背心？孩子啊，你掛鈴鐺要做什麼？」

「我會跟你說我在布爾薩看到的事。那裡的冰淇淋老闆就是這樣賣馬拉斯冰淇淋的。他會敲一下鈴鐺，讓顧客拿到空的脆皮甜筒杯，真的很有趣。我們一定會賺很多很多的錢！」

「那是冰淇淋老闆的工作，不是我們的工作。」

「可是我們也在賣冰淇淋，那不就跟冰淇淋老闆一樣嗎？」

「管好你自己的事。你看，冷藏櫃裡沒有汽水了，快去補貨。」

我很生氣，於是我拿出那本《小孩面對大人時要注意的事》筆記本，然後寫下第五篇文章：

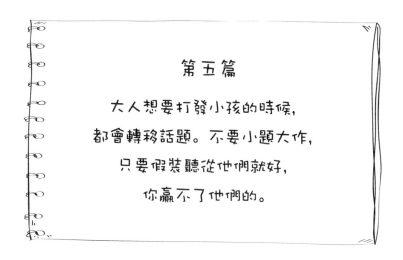

第五篇

大人想要打發小孩的時候，
都會轉移話題。不要小題大作，
只要假裝聽從他們就好，
你贏不了他們的。

阿公伸長手臂，想要把鈴鐺拿下來，但是他搆不到。

「你到底是怎麼把它掛上去的？」阿公問。

「高個子穆拉特掛上去的，不是我。」

「叫他過來，把鈴鐺拿下來。」

「他離開村子了。他要去當籃球員，所以不會來了。乾脆把鈴鐺留在那裡吧。」

阿公很生氣，一直到我離開雜貨店時，他還在嘀咕個不停，例如：

「這裡又不是教堂，掛什麼鈴鐺。真主啊，請饒恕我們。」

我差點就要走回去問阿公，馬拉斯冰淇淋到底跟教堂有什麼關係，但是五分鐘前我才告訴自己不要小題大作，所以我沒有問，我沒有小題大作。

那年夏天，阿公在冰淇淋櫃裡放進了新產品：包裝好的甜筒冰淇淋！也就是現在大家常吃的那種冰淇淋。當時我是第一次看到，我想村子裡的小孩也是第一次看到。我的第一個反應是問自己，**我怎麼沒想到這個點子呢？**

每次拿脆皮甜筒杯裝冰淇淋時，手都會弄得又黏又髒，而且那些小孩常常無法決定到底要吃香草冰淇淋還是巧克力冰淇淋，因此這樣一來就方便多了。我要向發明這種產品的人致敬。

我在前面說過，每次阿公去清真寺的時候，都會叫我顧店。我必須等他回來以後才能暫時休息一下。清真

寺就在我們雜貨店正前方，所以阿公離開清真寺，走回雜貨店時，我都能看到他。

那天，我遠遠的看到阿公往雜貨店的方向走過來，這表示我快要可以休息了。於是我拿出一支甜筒冰淇淋，撕開包裝……我打算拿著冰淇淋到附近閒晃，讓村子裡的小孩看到以後都跑來跟我們買，這樣我就能幫忙賣出更多的冰淇淋。所以，基本上我就連休息時也在工作。

我舔了一口冰淇淋。我看到阿公往店裡走過來，然後……他停下腳步，又轉身往回走。

我本來想大喊：「阿公，怎麼了？你要去哪裡？又要去清真寺嗎？可是禮拜時間已經結束了啊！」但當然我沒有這麼做。既然無法做什麼，我只好回到店裡。沒關係！我可以舒舒服服坐在阿公的沙發上享用我的冰淇淋。但是事情並沒有按照我的計畫走。

有顧客上門了，所以我得把冰淇淋擱在一旁，可是我左看右看，不知道該擱在哪裡才好，畢竟這不像巧克力只要放回原來的外包裝裡，就可以藏在某個角落……

又有三個顧客進來了，所以現在店裡總共有十個顧

客。我握著手裡的冰淇淋，茫然的看著他們。我心慌意
亂、不知所措，因為我從來沒有看過店裡一次進來這麼
多人過。

　　我把冰淇淋套到原來的外包裝裡，然後塞進口袋。
我忙得不可開交，顧客卻一直買個不停。每到這種忙碌
時刻，阿公總是說：「**好像在鬧饑荒一樣。**」我比
阿公更坦白，我直接對顧客說同樣的話。

「你為什麼要買這麼多？是鬧饑荒了嗎？」

他們哈哈大笑，然後繼續把東西放進購物袋裡。前一個顧客才離開，下一個顧客又進來了。

我在心裡狂喊：「阿公——，你又去哪裡了？你在清真寺裡做什麼？你是雜貨店老闆，不是清真寺的教長！快回到你的店裡！」

我感到愈來愈悶熱。氣溫已經很高了，還有十個人擠在小小的雜貨店裡……冰淇淋在我的口袋裡融化，而且黏住我的牛仔褲，真是糟透了。過了半小時，顧客終於減少，而且就在最後一個顧客離開時，阿公進來了。我滿身大汗，冰淇淋還從我的褲子上滴下來，弄得髒兮兮的。

阿公皺起眉頭，從頭到腳盯著我看。他對服裝向來很注重，而且跟我說過一定要穿乾淨的衣服，我也答應過他。

「這是怎麼回事？你的口袋裡怎麼會有冰淇淋？」

我無法解釋發生了什麼事。我唯一能做的就是氣得大喊：「誰叫你這麼晚才回來……剛才那個小時你在清真寺裡做什麼？」

但是這聽起來會變成因為阿公回來得晚，所以我才把冰淇淋放進口袋，根本就說不通。**天哪！**

　　事實上，我是個英雄，我為了服務雜貨店裡的顧客，犧牲了自己的褲子，但是在阿公眼裡，我只是一個把冰淇淋塞進口袋裡的傻子。我氣呼呼的離開雜貨店，然後在我家院子裡碰到我媽。

　　「你怎麼了？」

　　我心想，要是再有人問我，我一定會哭出來的，所以我咬著牙不說話。這時，阿嬤在我身後出現。

　　「看看你的衣服，你應該在雜貨店裡幫忙，怎麼弄得髒兮兮的……別讓你阿公看見你這個樣子。」

　　我再也忍不下去了，於是開始哭泣。就在我哭著跑進屋子裡時，我聽見她們說：「她在哭，一定是做錯了什麼事。」

　　這是什麼意思？

　　你們可以說「她在哭，一定是因為很無助」、「她在哭，一定是因為很傷心」、「她在哭，一定是因為很煩惱」，但為什麼要說「她在哭，一定是做錯了什麼事」呢？

我有個全天下最冷酷無情的家庭。

於是我衝出家門，一路跑回雜貨店。

我進入店裡，氣呼呼的從櫃臺下面拿出那本《小孩面對大人時要注意的事》筆記本，然後寫下第六篇文章：

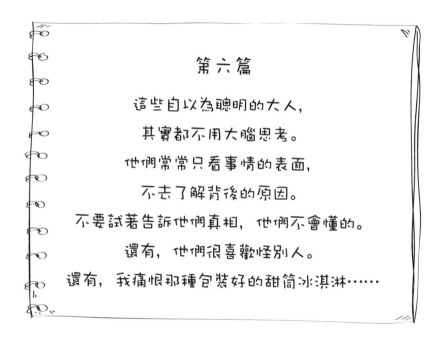

第六篇

這些自以為聰明的大人，

其實都不用大腦思考。

他們常常只看事情的表面，

不去了解背後的原因。

不要試著告訴他們真相，他們不會懂的。

還有，他們很喜歡怪別人。

還有，我痛恨那種包裝好的甜筒冰淇淋……

隔天早上，我回到雜貨店。反正這種事注定會發生，既然我沒有要辭職，那就繼續做原本的工作。

因為停電的次數開始變多，所以我們也賣各種應

該出現在電料行而不是雜貨店裡的東西，像是插頭、插座、電線和燈具。不過在停電的日子裡，賣得最好的是蠟燭。

有一天，我們又停電了。阿公把冰淇淋全部拿出來，載到鎮上最近的一間冰淇淋店裡擺放，所以只剩我一個人顧店，而且天快黑了。

等到夜晚降臨以後，所有人都會籠罩在黑暗當中，如果不希望家裡一片漆黑，就得點蠟燭才行。那大家要到哪裡買蠟燭呢？雜貨店。雜貨店是誰開的呢？是我們。賣蠟燭的人是誰呢？是我們。所以我們可以想賣多少錢就賣多少錢嗎？當然可以。

我立刻提高蠟燭的價錢，而且祈求停電可以停久一點。我心想：「如果今天晚上賣出去的蠟燭夠多，我們就會變得很有錢了。」畢竟世界上真的有「化危機為轉機」這種事。

我替蠟燭貼上新的標價，在紙板上寫著「買優質蠟燭，把黑暗趕走」，然後點亮兩根蠟燭。把蠟燭點燃的樣子呈現出來很重要，所以我犧牲了兩根蠟燭來吸引顧客、增加買氣。這些費用都會從我們的廣告預算裡面扣。

我想像顧客很快就會來搶買蠟燭，他們會看到蠟燭雖然漲價了，但是品質很好，然後掏錢購買。結果，第一個走進店裡的是阿公。

坦白說，我沒想到會這樣。他載冰淇淋出去，應該要等電力恢復以後再回來才對。

「你怎麼回來了？」我一邊問，一邊把屁股從阿公的沙發上慢慢移開……我從來不敢在阿公出現時坐他的沙發，畢竟他是老闆，我只是個學徒。

阿公沒有回答我。他是老闆，這是他的雜貨店，我居然問他為什麼回來了，所以我換了一個問題。

「冰淇淋呢？」

「他們說線路還沒修好，所以電力不太穩定。我明天再去把冰淇淋載回來。」

「喔。」

「現在時間還早，為什麼要點蠟燭？」

「用來宣傳的。你可以把這些蠟燭想成吸引顧客上門的閃亮招牌。」

「這些標籤是怎麼回事？」

「我提高了價錢。反正大家都需要買蠟燭，那不如提高價錢，這樣我們就可以賺更多了。」但是我還沒講完，阿公就開始反對。

「孩子，你這麼小就打算當一個騙子嗎？你想敲詐顧客嗎？快點把那些標籤撕掉。這些招術你到底是跟誰學的？」

問題一個接一個來。我吹熄了蠟燭，離開了雜貨店。我就知道，每當阿公得把冰淇淋載走的時候，他都會很生氣。

小偷

　　雜貨店不是天天都很忙碌，我們也有空閒的時候，而且我幫這種日子取了個名字，叫做「**所有人都不缺東西日**」。因為沒有人上門，所以我會坐在糖箱

上，思考未來的計畫。

有件事一直讓我非常害怕，那就是遭小偷。萬一有小偷跑進來，我會不知道該怎麼辦。阿公沒有告訴過我這種事，我猜他自己也不知道該怎麼辦。所以，如果有個蒙面歹徒闖進店裡，叫我們把收銀機裡的所有現金交出來，我們一定會不知道該怎麼辦。

我問過阿公一次，他只說：「不要烏鴉嘴，我們村子裡不會發生這種事。」

但是身為雜貨店學徒，我必須事先想好所有可能的狀況。

我做了一個決定。村子裡有兩個男生每到週末就會去城裡學**空手道**，所以我也要學空手道，學到哪個等級不重要。我回到家裡，宣布這個決定。

我告訴我媽，我要學空手道才能保護雜貨店，所以要她帶我去報名。

但她聽到的卻是：「**我肚子餓了。**」

這種溝通不良的現象經常發生在我們母女身上。我說出去的話，會跟她聽到的完全不一樣。

她說：「等一下就吃晚飯了，別亂跑。」

我感到很生氣。

「我有說我肚子餓了嗎？我說我想學『空手道』，要你帶我去報名。」

「你晚飯一定要吃，不然就會空著肚子睡覺。」

我很確定，媽媽們最害怕的事就是孩子肚子餓。無論我跟我媽說什麼，她最後都會講到吃飯這件事。我們的對話內容會像這樣：

「媽，我長大以後也許會當作家。」

「把晚飯吃完再說。」

「我想我可能不適合彈鋼琴，但也許我可以彈電風琴，對吧，媽？」

「把早餐吃完，上學不要遲到。」

「媽，你認識我們班的艾絲拉吧？她們一家人要去度假了。」

「快把飯吃完，否則你哪裡都不准去。」

「媽，我胃痛。」

「你不吃飯，當然會胃痛。」

吃飯，吃飯，吃飯，吃飯！

我們那天的對話也是這樣：空手道，吃飯，空手

道，吃飯，空手道，吃飯……我提了好幾次要學空手道的事，但最後只能放棄，因為我得到的答案都是叫我坐下來吃飯。

我得想想別的辦法來對付小偷。也許用勸的可能會有效？

如果小偷跑進來，也許我可以跟他說：「歡迎光臨！這是鄉下的一間小雜貨店，我們一天就只賺這點錢而已，真的不值得你這麼麻煩，還讓你丟家族的臉。來，我請你喝汽水，你坐著休息一下再走。」

畢竟，如果給點甜頭可以引熊出洞，或許也可以把小偷引出雜貨店。但是這招只有在我顧店的時候遭小偷才有用，如果小偷在阿公顧店的時候闖進來，不可能會受到親切的歡迎。阿公就連對我都不親切了，更何況是對小偷？

所以，我決定養一隻狗。如果我們有一隻看門狗，就不用擔心遭小偷了。這是個超棒的點子，但是阿公絕對不會答應的。如果我說要養狗，阿公一定又會擺臉色給我看，於是我決定偷偷進行這個計畫。

我們村子裡有隻流浪狗，是一隻非常聰明的黃狗，

名字叫做「沙丹」。

　　我不知道牠的名字是誰取的，但是全村的人都叫牠「沙丹」，我覺得這個名字很適合牠。我讓沙丹跟著我，一直走到雜貨店門口。

　　店裡有一桶秤重賣的餅乾，是我們最便宜的商品。我常常把餅乾桶裡最上層的碎餅乾吃掉，因為顧客不喜歡買碎掉的餅乾。不過自從那天起，那些碎餅乾就成了沙丹的食物。

　　我每天拿一些碎餅乾給沙丹，沙丹每天來雜貨店都可以得到獎賞，所以沒多久，牠就成為我們的店狗了。

　　阿公問我是不是拿東西給沙丹吃了，而且問了兩三次。我每次都否認。

　　「阿公，我哪有東西可以餵這隻可憐的狗？連我也沒有在店裡吃東西。你看，垃圾筒是空的。」

　　現在沙丹是我們的狗了。任務圓滿達成，我再一次為自己的聰明才智感到自豪，我們已經準備好對付各種小偷了。我以為是這樣。

　　有一天晚上，我們在奶奶家過夜時，電話響了，我媽接起電話。

「什麼？不會吧！真的嗎？哎呀！」

她一連冒出好幾個驚嘆句，所有人都穿著睡衣看她講電話。她掛掉電話以後，轉頭對我們說：「有人闖進雜貨店！」

我搶著問：「他走了嗎？」

「誰？」我媽訝異的說。

「當然是小偷啊！他還在店裡面嗎？我去跟他談一談。」

我媽看了我一眼，露出那種出乎意料的眼神，所以我沒有堅持下去。我回到床上睡覺，但是可以聽見房門外的說話聲。

這是事情發生的經過：

小偷在深夜來到雜貨店，想要把門鎖弄開，但是失敗了，後來想從窗戶爬進去，卻發現窗戶也打不開。小偷沒有想到，阿公就住在雜貨店隔壁。那時阿公睡不著，所以起床喝水（當然會睡不著，誰叫他白天都在睡覺）。他喝完水以後，看見屋外有手電筒的亮光，於是拿著自己的手電筒走出去，問是誰在那裡，但是小偷已經逃跑了，沒有偷走任何東西。

隔天早上，我起床以後跑去雜貨店，看見沙丹站在臺階上。

「沙丹，昨天晚上你去哪裡了？」

如果我希望沙丹提供二十四小時服務，就需要拿更多餅乾給牠吃才行。

阿公一看到我，就對我說：「早啊，烏鴉嘴。你一直在講小偷小偷的，結果小偷真的來了。」

聽起來好像是我把小偷找來似的。

「應該請他們喝點汽水才對。」

阿公聽不懂。他當然不會懂。

如果你試著跟我聊一聊，哪怕只有幾句，你就會知道我在說什麼了……

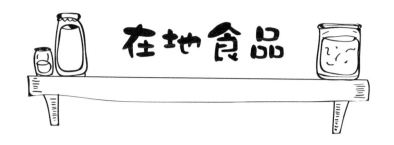

在地食品

是的，這是一間**鄉下雜貨店**，所以我們認識每個顧客，不過我們偶爾也會遇到不認識的人。他們分成兩種，一種是迷路了，向我們問路，另一種是來村子裡玩幾天的遊客。

當這些陌生人出現時，店裡都會出現跟平常不太一樣的對話，例如：

「你們生意怎麼樣？村子裡住了多少人？你們有沒有賣什麼在地食品？」

我不喜歡這些問題，但我還是會回答。

「我們的生意還不錯。村子裡住了很多人，所以我不知道正確的數字。我們沒有賣在地食品。為什麼要賣呢？」

我在反問最後那句話時，腦子裡突然蹦出一個想法：為什麼不賣呢？正當我在思考這件事時，一個小男孩和媽媽走進店裡。我不認識他們，但是門外停了一部車子，所以我想他們應該是遊客。

「你們迷路了嗎？」

「沒有，」那個媽媽說，「我們當然沒有迷路！」

脾氣暴躁的大人！

這就是那種會莫名其妙對你發火、無緣無故製造緊張的大人。我很後悔問了那句話。雖然我知道自己不該這麼想，但是我忍不住希望她出去時真的迷路。

要是我媽知道我有這種想法，一定會很生氣。「不可以詛咒別人，否則你會有報應。」她總是這樣說。但那不是詛咒，只是一個小小的暗黑願望而已。

那個小男孩想買巧克力。

「不行，不可以買巧克力，你已經蛀牙了。」

如果我媽對我說這句話，我一定會很生氣。

「我可以買洋芋片嗎？」

「洋芋片？什麼洋芋片？我們會吃這種東西嗎，寶貝？」

「你們不吃洋芋片嗎？我們全村的人都愛吃，而且至少一天一包，這代表我們快要完蛋了嗎？」我心想。

小男孩跑去找果汁。

「寶貝，車上有果汁了。我在出門以前榨了一些果汁，就裝在你的水壺裡。雖然果汁裡的維生素現在應該死光了，但是總比這些東西好。」

小男孩想買餅乾。

「寶貝，我有幫你做餅乾了。車上有很多手工餅乾，而且還加了葡萄乾。誰曉得這裡的餅乾是在哪裡製作的。」

「冰淇淋！」小男孩說。

「噢，不行！這些冰淇淋根本沒有包裝，我才不會買。」

我很想大喊：「這位太太，那你兒子到底可以吃什麼？」但是我不行。為什麼？因為顧客永遠是對的。

我目瞪口呆的看著這對母子。最後，那個媽媽決定替兒子買一包無糖口香糖，然後兩人就走了。他們在店裡花了二十分鐘，只為了帶走一包沒有味道的口香糖。我看著他們離開時，想到一個保證會讓我在雜貨店歷史上永垂不朽的點子：我們要投入在地食品市場！

每年夏天，全村的婦女都會忙著準備冬天要用的食材，像是**番茄糊、果醬、麵食、塔哈納湯粉**[6]**、泡菜、乾麵團、罐頭食品**……等等，而且不希望小孩子在旁邊打擾，因為這些食材都是她們的寶。

她們會互相說些奇怪的話，比如：「天哪，我今年做的番茄糊真好吃！」、「你一定要嚐嚐我的果醬，保證一吃就上癮。」

如果你不小心打翻或丟掉她們的食材，就算只有一點點，她們都會覺得好像世界末日到了一樣。「你知道我費了多少工夫嗎？我花了一整個夏天才準備好這些東西的。你要是敢浪費的話，就給我試試看！」

所以，我不可能只找一家來供應雜貨店裡的所有在

地食品。既然偷拿人家的東西不是我的作風，最好的辦法就是用借的……

我跑去找奶奶，跟她說：「奶奶，阿嬤告訴我，你做的番茄糊太好吃了，所以想要拿一罐回去好好享用，等她做好了一批以後，就會補償你的。」

奶奶聽得心花怒放。有人指定要吃她做的番茄糊，因為很好吃，**哇喔！**她立刻拿了兩罐給我──不是一罐，是兩罐！她叫我代為問候阿嬤，我答應她，然後就跑走了。我把番茄糊藏到食品供應櫃裡最深的地方。

然後我去找艾米娜姨媽，跟她說阿嬤很想吃她的泡菜，又向賽荷阿姨討了幾罐手工果醬。我也要到了胡麗耶阿姨的蜜餞，還有海蒂潔姨媽的塔哈納湯粉。我在討塔哈納湯粉的時候，把情況說得誇張了一點：「大家都在討論姨媽的塔哈納湯粉，但是不好意思跟你要食譜，所以想請你多給一點，他們自己會去研究到底放了哪些材料。」

海蒂潔姨媽相信了。女人都抗拒不了讚美，真的。

「順便拿一點我做的手工麵，保證他們吃了還想再

注6　塔哈納湯粉：塔哈納（tarhana）是一種將麵粉、碎小麥、優格、番茄醬和多種蔬菜做成麵團，經過發酵、曬乾之後磨成乾粉的湯料，可以長期保存。

吃，你看著吧。」她說，然後拿給我一大袋麵和塔哈納湯粉。我好開心。

我的在地食品都準備好了，而且我已經想好，等到我賣掉它們，拿回自己的利潤以後，我會把剩下的錢分給幫忙的親戚們，並且向她們解釋這一切，比如，如果那個脾氣暴躁的媽媽下次又來雜貨店，她一定會愛上這些在地食品。但是我感覺還少了什麼，我們還沒有東西可以給那個男孩。對了，餅乾！有餅乾就搞定了。我跑去找我姑姑，她的心腸最軟了……

「噢，我整天待在雜貨店，雖然店裡有很多巧克力和餅乾，但是都沒有姑姑做的餅乾好吃。要是我們能拿到姑姑做的餅乾，我一定會用它來沾茶，吃個過癮。但是不要麻煩喔，我吃店裡那些不健康的餅乾就好了。」

「不行，我做點餅乾給你，乖孩子。」

我就知道她會這麼說。我真是來對了地方、來對了時候。我看著姑姑烤了一大盤餅乾，然後拿出三塊放進盤子裡……

「什麼？這樣不夠。我還要分給在雜貨店門口玩的

那些小朋友，我答應過他們的。我跟他們說你做的餅乾很好吃，他們都聽得流口水了，有些小朋友甚至連餅乾是什麼都不知道。這三塊你留著，其餘的都給我，否則太可惜了。我們正在做善事，真主一定會幫助你，讓你跟心愛的人在一起的。」

最後一句話打動了她。爺爺反對她跟心愛的人結婚，所以我的話說到了她的心坎裡。她立刻把那三塊餅乾放回烤盤。

「你全都帶走吧。」她說。

我感到很難過。等到忙完雜貨店的事，我要想個辦法讓姑姑和心愛的人在一起。我想只要我認真解決她的問題，一定可以成功的，然後當她結婚時，她可以烤很多餅乾給我，當作謝禮。其實每次我去咖啡店時，都有給爺爺一些暗示。我會一邊喝著水果茶，一邊不經意的說：「你知道嗎，如果我有女兒，不管她想要跟誰結婚，我一定會答應，她甚至不必問我第二次。我對愛情有著無限的尊重。」不過爺爺總是當作沒聽見。

我找了一個空的餅乾盒來裝餅乾，而且把我收集到的在地食品排到架子上，它們看起來真的很棒。如果這

個生意做成了，我會雇用村子裡的婦女在夏天幫我們的忙。隔壁村子的人一定會到我們這裡買這些東西，然後我會把店面擴大。

我用一塊紙板做成招牌，把它掛起來，上面寫著：

「卡亞雜貨店有賣在地食品」

不久，阿公來了。他看到了招牌。

然後呢？你一定想問。

我們的對話大致上是這樣：

「這個在地食品是怎麼回事？」

「在地食品是當地製作的食品，像是番茄糊、果醬、泡菜、塔哈納湯粉……」

「這個我知道。我是問，為什麼它們會在這裡？」

「是我帶來的。」

「我們店裡不是已經有番茄糊那些東西嗎？你看，就在這裡，我們有賣。」

「但這些是在地食品，會賣得更好。」

「你從哪裡帶過來的？」

「一言難盡。」

「什麼叫做一言難盡？你是跟誰買的？你付錢了嗎？你的錢從哪裡來？是不是拿了收銀機裡的錢？」

「不是的，阿公！我是跟奶奶、阿姨還有那些親戚拿的。等到這些東西賣出去，我就會付錢給她們，反正今天就會賣光了。」

「聽著，孩子，每個人的家裡都已經有這些東西了，你打算怎麼賣呢？如果別人有需要，用送的就行了。在這個村子裡，鄰居們都會互相來往，如果你的塔哈納湯粉用完了，只要說一聲，別人就會送你，誰會來我們店裡買呢？快點退還這些東西，別再做這種奇怪的事了。還有，把你的招牌拿下來。在地食品……呵！」

「在地食品才好。看看這些餅乾，它們比店裡的餅乾好十倍。我們害大家害得夠久了……小朋友都蛀牙了，而且洋芋片可以天天吃嗎？我是說，想想看……洋芋片！天知道是用什麼原料做成的東西！但是我們卻在賣！」我把那個脾氣暴躁的媽媽用的理由全部搬出來反駁阿公。

但畢竟阿公是我的老闆，他把我趕了出來。我一家

一家的退還借來的食品，還對那些親戚發洩怒氣。我告訴奶奶，她的番茄糊不受歡迎，下次要做得好吃一點。我批評賽荷阿姨的果醬和胡麗耶阿姨的蜜餞，說大家根本吃不下去。我甚至大膽退還了海蒂潔姨媽最有名的塔哈納湯粉和手工麵，而且是直接把東西擺在她家門口就溜了。我簡直氣瘋了。

我只剩餅乾還沒退回去。我狠不下這個心。如果我退回去了，姑姑一定會老想著我說的那句話，認為是真主不讓她和心愛的人在一起。**我不忍心**這樣對她，她不需要知道她的餅乾後來怎樣了……

我拿著一盒餅乾坐在湖邊，其實也不算是湖，比較像是池塘或大水坑。那裡沒有遊客，因為很髒，就像沼澤一樣，而且飄著一股味道，不過我喜歡看青蛙。正當我坐在那裡吃餅乾時，沙丹跑來了，我拿一塊餅乾給牠，牠很喜歡，於是我吃一塊，然後給沙丹吃一塊，我吃一塊，然後給沙丹吃一塊……

「來，沙丹，我們邊吃邊許願，希望相愛的人可以永遠在一起。」

我和沙丹回到雜貨店。我決定每天早上都要拿出店

裡最貴的餅乾給沙丹吃。

如果阿公這麼不想賺大錢，那就讓他稱心如意吧！

我要讓雜貨店賠錢。

看我的厲害！

清潔狂人蘇麗耶

　　我每天在雜貨店裡都有很多雜事要做。我羅列出來給你看，這樣你就知道我的一天是怎麼過的。

- 掃地。
- 擦櫃臺。
- 檢查貨架、補貨。
- 清潔麵包櫃內部。
- 倒垃圾。
- 把水倒在店門外
  （清潔工作的一部分）。
- 做圓錐紙袋。

圓錐紙袋可不是隨便做做的東西，它們有很大的用處。我得先剪開報紙，再把紙片繞在手上，捲成各種大小的圓錐。我們常常用圓錐紙袋裝東西，像是葵花籽、螺絲釘、雞蛋、窗簾吊環等等。

阿公要隨時都可以在櫃臺下面找到這些圓錐紙袋，如果找不到，他就會很生氣，所以我總是非常認真的在做紙袋。

阿公是個很龜毛的人，他常常為了最莫名其妙的事生氣，比如，他會跟**塑膠袋**過不去。我們店裡的塑膠袋分成三種：一公斤裝、兩公斤裝和五公斤裝，假如顧客要買一公斤的糖，我拿兩公斤裝的塑膠袋來裝糖，阿公就會抓狂。為什麼？我不知道。

大人就是這樣。他們很喜歡為了**愚蠢到極點的事**感到抓狂。我很早就知道關於塑膠袋的潛規則，但是自從發生冰淇淋事件以後，我開始用五公斤裝的塑膠袋來裝任何東西，只為了惹阿公生氣。有時候，看到他氣得眼珠子快要蹦出來，我會感到非常舒暢痛快。

以前沒有那種包裝好的堅果類、種子類或果乾類食品，所以阿公都會向經銷商買兩公斤的葵花籽，再裝

進圓錐紙袋裡賣給顧客。每當有婚禮、節日或宗教慶典時，葵花籽就賣得特別好，我們都要花很多時間把葵花籽裝進紙袋。

有一天，阿公說晚上會有一場婚禮，要我把紙袋準備好。他說完以後就去吃午餐了，我開始剪報紙。

突然間，我想到了一個**超棒**的點子！既然晚上一定會賣掉很多葵花籽，與其等到那時候再裝進紙袋，讓顧客久等，還不如提前裝好，加快我們的服務速度。我認為這是個好主意，於是立刻開始行動。我裝好了五十份葵花籽，還把它們排得整整齊齊的。我等著接受阿公出自內心的讚美。

阿公吃完午餐回來，看到一個裝著五十份葵花籽的盒子，就指著它問說：

「這是什麼東西？」

「葵花籽啊！今天晚上要賣出去的，我們甚至不需要站著賣，它們都已經裝好了……你覺得這個點子怎麼樣？」

阿公又對我擺出那一副「你到底是跟誰學的？」表情。

「你要當懶人嗎？你這麼害怕替顧客服務嗎？你以為坐在那裡，生意就會上門嗎？」

「噢，拜託！你扯到哪裡去了，你只會用狹窄的眼光看事情！」我本來想要這麼說，但這不是你會對自己阿公說的話。

我唯一說得出來的話是：「如果我要當懶人，我還會準備這五十個紙袋嗎？」

就在這時，清潔狂人蘇麗耶突然走進店裡，就像人生中大多數的麻煩事一樣，沒有通知一聲就出現⋯⋯

蘇麗耶是我們村子裡的清潔狂人，她只對打掃、清潔劑這類事物有興趣。事實上，她已經很老了，老到應該兩眼昏花了，但是她的視力卻好得很，她可以看見每一塊汙點、每一粒灰塵。每次她到我們店裡，都會叫我打掃環境，就算我跟她說已經很乾淨了，她還是不相信。「我要親眼看到才行。快把這裡掃一掃。」我已經不知有多少次在她面前拿出掃把來掃地，當然，還有在其他顧客面前⋯⋯

我無法解釋這多麼讓人心累，但我還是得照做。為

什麼？因為顧客永遠是對的，就算那些要求很可笑，顧客仍然永遠是對的。

有一天，清潔狂人蘇麗耶叫她的孫子來雜貨店。

這個胖嘟嘟的小男孩說：「**奶奶要買鹽酸。**」

我東看看、西看看，就是找不到鹽酸。阿公常常會把東西放在最不可能發現的地方，這樣只有他自己才找得到，所以我只好放棄，雖然我也沒有認真的找。儘管如此，我還是給了一包鹽。

「把這個拿給你奶奶，跟她說我先給鹽，晚點再把酸送過去。」

過了五分鐘，蘇麗耶出現在店門口，問我怎麼敢這樣取笑她，怎麼這麼厚臉皮……。她一直抱怨、一直抱怨、一直抱怨，最後連鹽或酸都沒拿就離開了。

蘇麗耶最愛的一樣東西是**阿奇漂白水**，那是很久很久以前的一個漂白水品牌，後來停產了。我們店裡有很多其他品牌的漂白水，但是蘇麗耶就是不買。

「那只是一個品牌的名字，而且已經停產了。現在的新產品跟它一模一樣，都是漂白水。」

但是我沒有說服成功，她空著手離開。

過了半個小時，她又叫孫子來雜貨店。

「奶奶要買阿奇漂白水！」

我心想，如果我能解釋給這個孩子聽，也許他會說服蘇麗耶。

「沒有阿奇漂白水了。阿奇被警察抓了，因為他在漂白水瓶子裡撒尿。這些年，他一直把他的尿賣給我們，卻說那是漂白水，這就是漂白水會黃黃的原因，所

以我們沒有賣那種東西了。你就這樣告訴你奶奶喔，我去拿別的漂白水給你帶回家。」

　　過了五分鐘，蘇麗耶氣沖沖的闖進雜貨店，阿公也在店裡。她不停抱怨，說我給她一包鹽根本是在取笑她，還說我用謊話破壞了一個無辜男人的名譽。

　　我心想：「阿奇的名譽跟你有什麼關係？你是他的律師嗎？」但是我一句話也沒說。

　　接下來發生的事情是：

　　「這都是真的嗎？」

　　「噢，她講得太誇張了啦，阿公──」

　　「我找不到鹽酸，所以我先給了一包鹽，然後說晚點再把酸送過去。」

　　「你為什麼會找不到？」

　　「我哪知道？誰曉得你放在哪裡！如果我找得到，早就賣給她了。我怎麼可能不讓雜貨店賺大錢，然後擴大店面，也許再蓋一層樓？」

　　「不要扯那麼遠……那個阿奇漂白水又是怎麼回事？」

　　「我也不知道！她就是非要它不可。我告訴她沒有

阿奇漂白水了，她根本聽不進去，所以我編了個故事，我說阿奇在漂白水瓶子裡撒尿，所以被警察抓了。」

阿公聽到這裡，有點想笑。雖然他忍住了，但是我看到他眼裡的笑。其實他也不喜歡蘇麗耶，我知道蘇麗耶有時候也會叫他掃地。

「不要對顧客撒謊。不只是顧客，永遠都不要對任何人撒謊。」

就這樣而已，我還以為會再挨一頓罵。所以，我是對的，阿公也不喜歡這位老太太。

婚禮那天，最難搞的顧客就是蘇麗耶。

「我要兩份葵花籽。」她一上門就說。

我馬上把事先裝好的葵花籽拿給她。

「給你，這裡有裝好的。」我說。

「我不要這種，誰曉得你是什麼時候裝的……這一定已經不新鮮了，而且我根本不知道你是怎麼裝的，你是用杯子舀，還是用手抓？你的手乾不乾淨？幫我重新裝，我要親眼看到才行。」

阿公對我擺出一副「**你看吧……**」的表情，然

後叫我把裝了葵花籽的紙袋全部清空。

　　我沮喪的把紙袋一個個清空。兩個小時後，婚禮開始了，我又把葵花籽裝回原來的紙袋裡，再拿給顧客。

　　我帶著鬱卒的心情，打開我的 **《小孩面對大人時要注意的事》** 筆記本，寫下第七篇文章。因為心情太差了，所以我寫了幾個字。

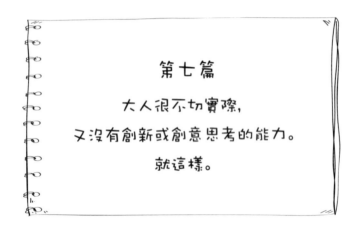

第七篇
大人很不切實際，
又沒有創新或創意思考的能力。
就這樣。

我愛你

　　如果你想當個好學徒，就得學會閉嘴，當然不是在吃東西或說話的時候（這種時候你想把嘴巴張多大就張多大）。雖然你可以盡情說話，但是一談到跟祕密有關的事，你就必須知道怎麼管好自己的嘴巴，因為如果你是雜貨店老闆，你會知道所有事，包括其他人都不知道的事……

　　有些沒錢的人會來找阿公借錢，然後阿公會提醒我，不要跟別人說這些人過著窮苦的生活。我不會跟別人說，反正這不是讓我覺得有趣的事。

　　有些欠帳的人會來告訴我們，他們付不出錢。結果，阿公只是告訴他們不要擔心。雖然我很生氣，但是我不會跟別人說，因為我很怕阿公生氣。

　　有些吵架的人會吵到店裡來，阿公會當起和事佬，讓他們心平氣和的離開。然後阿公會告訴我，不要跟別人說這些人在吵架。**我為什麼會跟別人說呢？**

我應該對這種事感興趣嗎？

我只有在對阿公非常生氣的時候，才會跑去找爺爺，把所有事情都跟他說，而且因為那些祕密藏在我心裡太久了，所以我多少會加油添醋。不過爺爺是個無憂無慮的人，就算我跟他說全世界都失火了，他也只會回答一句：「噢，別想那麼多……」

我告訴爺爺那些事以後，爺爺只有一個反應，那就是：「別想那麼多，來一杯『歐拉雷特』吧！」他滿腦子就只有歐拉雷特！所以，我對任何不令人吃驚的消息都沒什麼興趣，也不是很在意。

除非是蘇克蘭姊姊的事──這樣我就會豎起耳朵，露出大大的笑容。蘇克蘭姊姊會買五個公用電話代幣，用來打電話給她的男友，而且會叫我在電話亭外面幫忙守著。

「親愛的，只要有人來，你就敲一下玻璃，但是不准偷聽喔！」她會對我這麼說。

「蘇克蘭姊姊，我怎麼會偷聽呢？要是你知道我在雜貨店裡看過哪些事情就好了……比如，我阿公會借錢給窮苦的人、

幫助一些人重新和好，我說的是在雜貨店裡吵架的那些人，還有用一句話就把欠帳一筆勾銷……雖然我知道所有事，但是我都沒有跟別人說。」我會這麼告訴她。

蘇克蘭姊姊一走進電話亭，就會完全忘記四周。我

從來都不喜歡前兩個代幣，因為它們都是用來講「你好嗎……你過得怎麼樣……我哥說……我爸說……」這類的話。

重頭戲要從第三個代幣以後才開始。

「我愛你。」她會這麼說，「我好愛你。」她會這麼發誓。

「我想你。」

「我們一定會見面的。」

我會把耳朵貼到門上偷聽。她會邊講邊笑，代幣會全部用光，然後她會帶著紅紅的臉蛋走出電話亭。

蘇克蘭姊姊的爸爸不准她跟男友結婚，就跟我爺爺對我姑姑一樣。這些男人真討厭。我發誓，有一天我會幫助相愛的人永遠在一起！

光頭哈桑是蘇克蘭姊姊的爸爸，他的個子像巨人一樣高，肚子也很大，一看就知道花了很多時間吃東西……他真應該為自己的頑固感到丟臉！（其實光頭哈桑長得跟一般男人一樣，但我是透過蘇克蘭姊姊男友的眼睛來看他。）

我常常用兩倍的價錢把某些東西賣給光頭哈桑，或

者隨便跟他說個比較高的價錢。如果他不想買，可以去別的地方買，這是他的權力，但是因為附近沒有其他雜貨店，所以他只能找我們買。光頭哈桑一直都沒有發現我漲價，還有我把多賺的錢存起來，當作蘇克蘭姊姊的結婚基金，至少我的計畫是這樣。

　　每次蘇克蘭姊姊來店裡時，我都會多送她五個公用電話代幣。我在公平對待她。我第一次這麼做的時候，她問我原因，我跟她說我們剛好在辦促銷活動，每週會額外贈送代幣一次。如果我跟她說這些都是她爸爸的錢，她一定會害怕得不敢拿去用。

　　多五個代幣，就代表有更多情話可以偷聽。第一次真的有發揮效果，他們聊得很開心，但是到了第二次，他們就一直吵來吵去。戀愛中的人真讓人搞不懂……

　　慕露葳姊姊和菲利特哥哥也在熱戀，然後瘋狂的事發生了：慕露葳姊姊說她要私奔，雖然她爸爸不准她結婚，但她還是很堅持，菲利特哥哥也跟她爸爸正面對抗，有些人想要安撫他們……中間還發生很多事……到最後，他們終於結婚了，但是一天到晚都在吵架。他們家離我們很近，所以我總會聽見他們大吼大叫的聲音。

現在，相同的命運也降臨在蘇克蘭姊姊和男友身上，所以我決定取消代幣計畫，不給代幣了！就連平常在賣的代幣也一樣！我開始幫光頭哈桑打折，讓他用原價買到所有東西，享受美好的生活！

　　蘇克蘭姊姊到店裡來，我告訴她沒有代幣了。我把信紙、信封和筆賣給她，這樣她才能寫信，而且因為我們有代收信件的服務，所以她也需要來店裡寄信。阿公每個星期都會去郵局，把代收的信一次寄出去。

　　偷看情書比在電話亭外偷聽更有趣，這樣我就有機會改掉我不喜歡的部分。

　　蘇克蘭姊姊的第一封信寫得還不錯，但是第二封信就不知道在寫什麼了，所以我把她信裡最後一頁的內容換成一首詩。

　　可憐的蘇克蘭姊姊，她在電話裡頭都會說「我愛你」，可是在信裡都沒有說，一定是害怕有人看到。但是誰會看呢？只有我，而且我不會跟任何人說，所以我很希望她寫……反正，我可以替她寫，「但是最好不要寫得太明顯。」我心想。我只會寫到蘇克蘭姊姊的日常生活。

我每天一大早就起床，然後把屋子打掃乾淨。
愛去雜貨店買代幣打電話，只是現在停賣代幣。
你要記得耐心等待我的訊息，我會寫信給你。
只要看每行的頭一個字，你就會知道我的心意。

　　這首詩寫得很好，只是我無法說服自己寫下蘇克蘭姊姊的名字，我是說，這封信是她的，但這首詩是我的……於是我寫下自己的名字，然後寄了出去。要是蘇克蘭姊姊的男友問起，她可以自己解釋給他聽。

為雜貨店的每件事設想，不是我的工作！

燉白豆

　　我很喜歡雜貨店裡的一樣東西，不，應該說非常喜愛，那就是古龍水填充瓶，它總是令我百看不厭。

　　阿公把古龍水填充瓶放在角落。這個瓶子又大又胖，而且掛著一個香水抽吸球。我幫它取了一個綽號，叫做「**老大**」，因為它總是單獨坐在角落。雖然我們也有賣那種小瓶的古龍水，但是「老大」可以替顧客省一點錢。

　　我真的很喜歡幫顧客裝古龍水，甚至願意打破我做生意的原則，鼓勵顧客選擇更便宜的商品。「為什麼要買小瓶的古龍水呢？只要拿空瓶子來，我們就會幫你裝。這個用大瓶子裝的古龍水也比較好聞，它有用到真正的檸檬，裡面還放了一顆真正的檸檬，只是我們把它拿出來了。」

　　當然，說完以後我會小聲的向真主懺悔九次，請祂原諒我說謊。雖然我可能會因為說謊而死，但是古龍水

真的太好聞了，就算為它死也值得。每次經過那個填充瓶，我都會順便滴一些香噴噴的古龍水在手上。

有一次，我用那些古龍水洗頭，聽說這樣做了以後再去晒太陽，就可以讓頭髮的顏色變淺。雖然我聞起來超香的，但是後來我發現瓶子裡的古龍水全部用光了。

如果冷藏櫃裡的汽水沒了，我會去儲藏室再拿幾瓶出來，但是如果古龍水沒了，我不知道要去哪裡拿。

於是，我翻遍儲藏室裡的所有瓶子和箱子。我不停埋怨阿公，也不停在想阿公可能會把古龍水放在哪裡。最後，我空著手回到店裡。

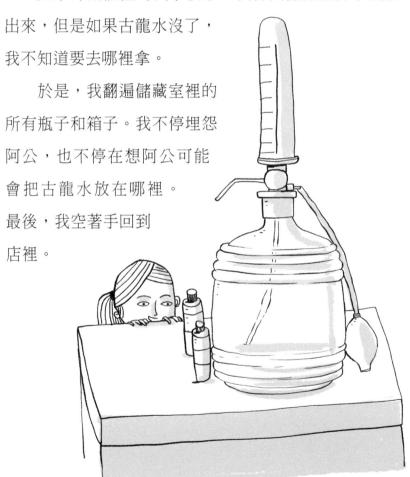

我對著填充瓶問：「老大，現在該怎麼辦？」

我突然想到，也許可以在裡面加水，但要是阿公發現了，一定會很生氣。他常常說那個賣牛奶的諾瑞汀會在牛奶裡摻水，所以如果他知道我在填充瓶裡加水，我絕對會被修理得很慘。

「如果阿公問起，我就跟他說古龍水賣完了，反正再向真主懺悔九次應該沒那麼難。」

阿公真的問了。他一進店裡就說：「什麼味道？聞起來好像到了理髮店一樣。」

「可能是因為我賣掉了很多古龍水。」

「今天又不是什麼特別的日子，怎麼會有那麼多人來買古龍水？」

「不知道。有些人從隔壁村子來，好像說要辦一場追悼會。我賣掉的古龍水有三瓶那麼多。」

「辦追悼會……」

「對啊，他們是這樣說的。他們說要買一些古龍水給客人用。」

「你過來。」

「怎麼了？」

「讓我看一下你的頭⋯⋯」

「⋯⋯」

「溼答答的，都是古龍水！孩子，你是不是用古龍水洗頭了？為什麼你老是做這種奇怪的事？到底是跟誰學的？你是不是真的把古龍水全部用來洗頭了？」

我很生氣、很沮喪，而且古龍水的香味讓我頭痛。我哭著離開雜貨店，阿公還在我後面念個不停。我坐在陽光底下。我沒有向真主懺悔。我頭髮的顏色也沒有變淺。

從此以後，我就跟「老大」保持距離，我指的是那個填充瓶⋯⋯

我也很喜歡在冬天讓古龍水填充瓶派上用場。就像前面說的，冬天來臨時，阿公會在店裡裝暖爐，所以我放寒假到店裡幫忙的時候，都會趁他不在，從填充瓶裡取出滿滿一手掌心的古龍水，然後灑進暖爐裡，這樣古龍水裡的酒精就會讓暖爐的火呈現藍紫色。我常常**表演**給小朋友看。

「注意看我表演喔，你們看，如果我把手裡的古

龍水灑進去，火就會變成紫色的。你們應該在家裡試試看，很好玩。」我除了自己這樣做，還鼓勵小朋友也這樣做。

有一天，我被阿公抓到了。那時我表演得太專心，沒有看到他來。**阿公簡直氣壞了，就跟我想的一樣。**

我本來埋怨他這麼害怕古龍水會用光，真是個小氣鬼，但後來我想起他是我阿公，於是感到愧疚起來。我開始在想，也許阿公是害怕我把雜貨店燒了，然後讓他破產。我**絕對不可能**會想到，也許阿公是害怕我受傷。當你還是個小孩，你是不會想到這些可能性的。

老實說，小孩在判斷事情的優先順序上有很大的問題，但這是唯一的問題。在其他各個方面，**小孩幾乎完美無缺……**

一間在冬天有裝暖爐的雜貨店，會讓顧客更想待在裡面慢慢買，所以我不介意，我喜歡跟顧客聊天。

有時候，我會跟自己玩個遊戲。比如，我會問每個走進店裡的顧客：「外面很冷吧？」只要我猜中他們的

回答，就拿一條巧克力棒給自己當作獎勵。我猜中的大多是「沒錯！」、「我的手凍到沒感覺了！」、「對，好冷喔！」這些話。我通常都能拿到巧克力棒，因為就算沒猜中，我也會買一條給自己當作安慰獎。

顧客只要先在外面弄掉身上的雪和泥巴，就可以進入店裡，愛待多久就待多久。但有些人就是不守規定，帶著一身的雪走進來以後再拍掉，把店裡的地板弄溼，這也代表我必須換掉用來當作地墊的紙板。我**討厭**這些人，因為如果要換掉紙板，我得去後院拿乾淨的紙板再走回來，整個人會**凍成冰棒**。

儘管如此，冬天的雜貨店還是比較冷清，顧客不是很多。我最喜歡新年快要來的那個星期，也許我們只是一間不起眼的鄉下雜貨店，但還是會過新年，而且我們一定會把「新年快樂！」寫在窗戶上。

每到距離新年還有十天的時候，阿公就會從儲藏室裡搬出大鐵架和一堆明信片，然後我們會把一張一張明信片擺到鐵架上，包括城市風景明信片、雪地風景明信片、印著明星照的明信片……人們會在這些明信片上寫下「新年快樂，祝福你……」這些話，然後寄給遠方的

人。有些人會寄給心愛的人或親戚，大多數的人會寄給在當兵的朋友，為他們獻上新年的祝福。

我們會把去年沒有賣完的明信片和新的明信片一起擺出來。新的明信片和舊的長得很像，都有相同的城市風景、雪地風景和明星照……

有一天，我在擺明信片的時候，突然想到一個**超棒**的點子。這些明信片都太無聊了，我絕對可以設計出更好、更美麗的明信片，讓全村的人都感到驚奇，然後到處宣傳從我們村子寄出去的明信片。這樣一來，明年我就會賣出更多明信片，**終於可以賺大錢了**，我需要有很多錢才能擴大店面。

我花了好幾天思考要怎麼設計明信片。我得先把它們想像出來，還要決定如何進行。明信片應該要厚一點，不過我沒有比較厚的紙，所以我從筆記本裡剪下好幾張紙，把它們黏在一起。雖然沒有達到我想要的厚度，但是還可以接受。

我花了一整年的時間製作這些明信片。我不斷思考、畫圖、把喜歡的留下來、把不喜歡的撕掉，然後重新再做……

我在情人專用的明信片上畫了愛心，並且寫上「我愛你！」、「今年我也會愛你！」這些話，並且配上插圖。

我在親戚專用的明信片上畫了花草樹木。沒有人規定到了冬天就一定要寄雪景明信片，那樣太無聊了……如果人們真的想看雪，往窗外看就行了。冬天就應該要寄那種有大海、花朵、綠樹的明信片，才能**讓人感覺充滿活力**，所以我畫的是這些東西，不是雪景。雖然花朵看起來不怎麼樣，但是我把船畫得很棒。

情人專用的明信片畫好了，親戚專用的明信片也畫好了……但是我不知道該在當兵人士專用的明信片上畫什麼。為什麼有人會寄明信片給當兵的朋友？我要畫什麼才好呢？

也許我可以去問身邊每個成年男人的當兵經驗，這樣就會有靈感了。所以我的問題是：「你在當兵的時候最常做什麼事？」

我問了一位叔叔。「我們在軍營裡**撿垃圾**，一直在撿垃圾。」他說。

我問了另一位叔叔。「我們一大早就要起床集合。

我討厭那麼早起床。」他說。

我又問了另一位叔叔。「我們只有燉白豆可以吃，我唯一記得的東西就是燉白豆。因為我在當兵的時候吃到怕了，所以後來再也沒碰過。」他說。

老實說，我本來以為會聽到比較有動作情節的故事，像是「敵軍攻了過來，我們開始戰鬥。就在我快被子彈擊中時，我的同袍跳到我面前擋住子彈，救了我一命，我守在他的病床旁邊好多天。醫院裡有個護理師，是個非常美麗的女孩，我愛上了她，然後我們結婚，還請我的同袍當伴郎」這種故事。

結果我只聽到撿垃圾、晨間集合、燉白豆……，全都是枯燥無味的事情。這樣是要怎麼設計？

我想了半天，覺得 燉白豆 好像是比較合理的選擇，於是我畫了一盤乳白色的豆子，配上橘色的背景……別人可能看不出來我畫的是燉白豆，所以我在明信片上寫著「燉白豆」，還用括號註明「古早口味」。我把它跟其他明信片擺在一起，心想這張肯定賣不出去，因為我自己不是很滿意。

我拿出我的作品，準備用來慶賀新年。它們也許比

不上印著女明星胡莉亞‧阿夫夏（Hülya Avşar）照片的明信片，但是絕對比雪景明信片好得多。奇怪的是，沒有人想買。我把它們拿給每個上門的顧客看，但就是沒有人感興趣。

有一天，奧斯曼來了。他是個**惹人厭**的十六、七歲男生。他翻看每張明信片，一直看、一直看，最後才決定買那張畫著燉白豆的明信片。

「這張不能賣給你。**你還沒當兵**，你不知道它的笑點在哪裡。你甚至沒有當兵的朋友可以讓你寄這張明信片。」

「那你當過兵了嗎？」

他說得對，我沒有當過兵。他贏了，我用**兩倍的價錢**把明信片賣給他。

我的明信片首發計畫完全失敗。我以為所有人都會喜歡那些明信片，而且家家戶戶都會收藏我的作品。

我有沒有很不高興？**有**。

我有沒有很挫敗？**有**。

我有沒有再試一次？**沒有**……

奧斯曼離開店裡以後，我從「老大」那裡拿了一點古龍水，然後灑進暖爐裡，看著爐火呈現美麗的紫色。就在這時，阿公捏住我的耳朵。

「不准再碰那瓶古龍水！」

他真的有超能力。他可以無聲無息的走進雜貨店，殺得我措手不及……

非洲小孩

我對「坎迪爾聖夜[7]」有一股特殊的熱愛。家人告訴我，在聖夜許下的任何願望都會實現，所以我會高興的跳來跳去，然後媽媽和阿公會驕傲的說：「看看她多麼喜歡坎迪爾聖夜，願真主保佑她。」

其實我有**別的打算**。

每當坎迪爾聖夜到來時，小孩要親吻長輩的手，希望長輩有個充滿祝福的聖夜，然後長輩要送給小孩一些點心。那些點心要去哪裡買呢？雜貨店。雜貨店是誰開的呢？是我們。所以，坎迪爾聖夜代表**買氣爆發的時候到了**。很多長輩出了清真寺之後，都會來買點心送給小孩，然後小孩會排成一直線領點心。

但是，這也表示接下來的那個星期不會有小孩來店裡買東西，因為他們**吃自己存起來的點心**就行了！

注7　坎迪爾聖夜：坎迪爾（Kandil）指的是伊斯蘭教的五個聖夜。每到聖夜，人們會照亮清真寺的尖塔，並進行特殊的祈禱儀式。

我會有整整一個星期無法賣給小孩任何東西！

當然，點心熱賣對我們來說就像中了大獎一樣，但是為什麼不能讓它經常發生呢？有人規定你只能中一次大獎嗎？沒有。所以**我需要找出解決辦法**。

那天是坎迪爾聖夜到來的日子。我早上出門時，感到既開心又煩惱……開心的是，那天我可以賣掉很多餅乾和巧克力；煩惱的是，下個星期的生意就沒那麼好了。雖然我還沒有找到解決辦法，但是想要找出解決辦法的念頭**一直在我腦海中縈繞**。

阿公很愛看**報紙**。自從雇用我當學徒開始，他就過著悠閒的日子，整天都在看報紙。我很確定，如果可以的話，他會連吃飯、上清真寺、去咖啡店和上廁所都在看報紙。

雜貨店每天會收到剛印好的報紙。每份報紙都有買主，我們也知道買主是誰，雖然報紙一大早就送來了，但是我們要等到午餐時間才開始賣，因為阿公要在顧客讀到之前先看過一遍。**阿公是地球上最有學問的人**，但是如果我讀了那麼多報紙，別人一定也會這樣稱

呼我。

吃過午餐後，阿公才會讀他自己愛看的報紙，所以那份報紙的買主就得等久一點。我不懂在不同的報紙上看相同的新聞到底有什麼意義，但是他就喜歡這樣！他會靠在沙發上舒服的看報紙，偶爾查看我的工作狀況。

我還是想不通為什麼他可以一邊看報紙，一邊揪出我的每個小錯誤。

每當他不在店裡，我就會模仿他。這是我想出來的一個遊戲。有時候，在雜貨店裡非常無聊，畢竟不是一直都有很多顧客進進出出。

這個遊戲是這樣玩的：我會像阿公那樣進入店裡，然後學他的聲音說話。比如，我會一邊檢查地板一邊問：「都好嗎？你掃地了嗎？」

然後我會換回我自己的聲音，回答說：「我掃過了，阿公。店門口也洗好了。」

然後我又會變成阿公，說：「太好了！你真是個了不起的學徒。要是沒有你，這間店一定會亂七八糟。能有你這個學徒，我覺得很驕傲。」

阿公當然不會這樣說，這全是我編出來的。如果我

是阿公，我一定會對自己的孫女說這些話。

然後我會說：「現在我要看一下報紙。」然後坐下來，靠在沙發上。

我不會忘記偶爾要抬起頭來監視我自己（其實沒有人在那裡）。我覺得這樣很有趣。

那天，我模仿阿公看報紙，而且先看體育版的新聞。我喜歡從後面往前看，只是想耍叛逆而已。反正前面那幾頁無聊得很，永遠只會報導總統、政黨、意外事件或有人死亡的新聞……！最後幾頁比較有趣，所以我都會從後面開始看。

我記得在中間那幾頁看到一張照片，照片裡有好幾輛車子載著食物，要送給非洲的小孩。每次我沒有把飯吃完，我媽都會說：「非洲小孩都哭著要吃你不吃的這些食物，因為他們的媽媽只能把石頭煮來吃，石頭喔！他們沒東西可以吃，你有東西吃卻不吃，真是不知感恩！快點把飯吃完！」

我討厭這樣。

「當然，因為你去過非洲N次了，所以你比誰都清楚。你一定看過他們的媽媽是怎麼煮三餐的！」我會一

邊把飯吃完，一邊這麼說。

當我在報紙上看到這些非洲孩子，我會想起我媽，然後我的好心情就沒了。我媽經常在家裡對我訓話，「把飯吃完、打掃乾淨、不要把屋子弄得亂七八糟的、不要挖鼻孔、不要那麼大聲說話、注意聽我說……」天哪……雜貨店的工作解救了我，讓我可以逃出我的家。

我有個叔叔叫做奧斯曼。雖然我老是搞不清楚他是誰的兄弟，但我知道他是我叔叔。有時候他會到店裡來，叫我拿個椅子給他坐，然後他會在店裡坐上好幾個小時。他已經退休了，沒有工作。

有一天，我問他：「你不會無聊嗎？為什麼不回家？」

「我從早到晚都得聽老婆嘮叨，她連芝麻小事也要管，從來不讓我休息，所以我在躲她。你看，你一提起這件事，我的心情就變糟了。」

我懂奧斯曼叔叔，我真的懂，因為我也有同樣的問題。我在躲我媽。你看，我一看到那些非洲小孩，心情就變糟了。我把報紙扔到地上。

但就在這時，我想到了一個**超棒**的點子。

我又撿起報紙，翻開那一頁。沒錯！我以前怎麼都沒有想到呢？我把非洲小孩的照片剪了下來。這份是韋達伯伯的報紙，他是為了收集優惠券才買的。我很確定他沒有在讀報紙，因為每天下午他都會來店裡，然後說：「把電視機打開，看看今天有哪些新聞。」如果他讀了自己買的報紙，一定會知道有哪些新聞。我沒有碰那些優惠券，所以完全不用擔心，韋達伯伯根本不會發現他的報紙被人剪過。

　　我把非洲小孩的照片貼到一個空紙箱上，然後藏起來。我想暫時還是不要給阿公看到比較好。

　　傍晚，村子裡的小孩開始聚集在雜貨店的四周，就像一群餓狼一樣！他們提著大大的袋子過來，等著領點心，你會以為他們這輩子從來沒看過糖果或巧克力。我走出去，跟他們坐在一起。有個小孩分了一些餅乾給大家吃，那些餅乾是用奶油和**鬆鬆軟軟的麵團**做的，而且聞起來很香。大家都吃了餅乾，還舔了舔手指。我沒有吃餅乾，一塊也沒吃。雖然我很想吃，但是我沒有吃。

歐茲蘭問我為什麼沒吃。

我拉高嗓門回答：「我才不像你們，我還有點良心，你們就只會吃而已。非洲的小孩沒有東西可以吃，一想到他們快餓死了，我就不忍心吃東西。有點人性吧，發揮一點人性吧。」

然後我回到店裡。

我必須做生意。我賣了一盒又一盒的餅乾、巧克力和果汁給顧客，然後他們走出去把東西分送給提著大袋子來領點心的小孩。沒多久，那些小孩的袋子全都裝滿了，就像**大豐收**一樣。

等到最後一位顧客離開以後，我抱著事先準備好的紙箱去找那些小孩，紙箱上貼著非洲小孩的照片。

「聽著，你們將會做一件**很有意義的事！**這些小孩都沒有東西吃！他們都在挨餓……他們吃不到你們現在擁有的東西。把你們的點心放進紙箱裡，然後我會寄去非洲。今天是慶祝坎迪爾聖夜的日子，請發揮愛心，幫助非洲的小孩。」

我知道，**就在那一刻**，他們都想起了自己的媽媽，因為每個家庭用的例子都一樣。

於是，第一個交出袋子的是妮爾昆，接著是娜絲琳、歐爾潔、安德，最後所有小孩都把袋子交了出來，我的箱子大爆滿。我拿回他們收集到的所有點心，而且向他們道謝，告訴他們這是非常有愛心的表現，然後他

們就回家了。我知道隔天我又會看到他們來店裡買東西。**天哪，我真的太聰明了！**阿公實在很幸運。

後來阿公進來了，他看見一個大紙箱放在店裡。

「這是什麼？」

「什麼？」

「這個。」

「一個紙箱。」

「我知道。箱子裡裝了什麼？」

「別人捐的東西。」

「捐給誰？」

「捐給非洲小孩。」

「蛤？這些東西是誰給的？」

「我收集的。」

「向誰收集的？」

「村子裡的小孩。他們把坎迪爾聖夜的點心拿給我，要捐給非洲小孩……你知道的，坎迪爾聖夜不只屬於我們，也屬於非洲小孩！」

「你知道非洲在哪裡嗎？」

「你可以問媽媽，她知道在哪裡，她去過N次了。她對那裡很熟，還可以帶你去。」

「好好回答我，現在我們要怎麼處理這些東西？你為什麼會這樣？為什麼總是不先問過我就做這些奇怪的事情？」

「當然是為了你啊！有哪個小孩會在拿到一整袋糖果以後還來逛雜貨店？你會有一整個星期看不到顧客上門，你希望店裡賣的東西全都過期嗎？這是你想要的嗎？」

阿公大吃一驚。

「你是因為這樣才拿走那些小孩的點心嗎？」

喔，阿公終於明白我的苦心了，**他現在一定很欣慰。**

「對⋯⋯你懂了吧？這都是為了我們，**為了讓我們有更多生意！**」

阿公氣得冒煙。

「真是罪過，太丟臉了！你算什麼人啊？」

我再也受不了了。我對阿公說出我的想法。

「幫助非洲小孩有什麼丟臉的？你連善惡都分不出來，算什麼朝聖者啊？所以村子裡的小孩可以慶祝坎迪爾聖夜，但是非洲的小孩餓死了也沒關係，是嗎？這個世界真是太美好了！」

我說完以後就離開了。離開前，我把我的筆記本從架子上拿走。

我帶著氣憤的心情，用潦草的字跡在《**小孩面對大人時要注意的事**》筆記本上寫下第八篇文章。

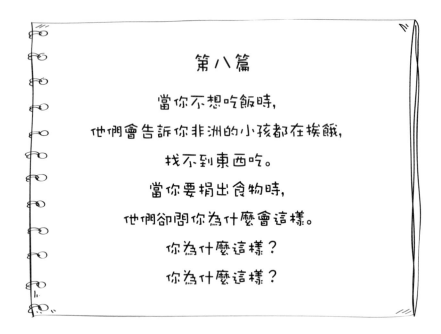

第八篇

當你不想吃飯時，
他們會告訴你非洲的小孩都在挨餓，
找不到東西吃。
當你要捐出食物時，
他們卻問你為什麼會這樣。
你為什麼這樣？
你為什麼這樣？

當我要喝水，他們告訴我，我已經夠大了，可以自己去拿水喝。當我告訴他們我要一個人生活，突然間，我又變成小孩了。

他們真的好討厭，大人全都是討厭鬼！

我一整個星期都沒有去雜貨店。阿公告訴我媽不要讓我到店裡，他甚至說他們應該教我懂一些禮貌。我媽很生氣，她一直念我，念了一個小時。

她罵我「沒教養」。這句話很傷人。

「那你應該把我教養好，你不是我媽嗎？難道你等

著鄰居來教養我嗎？」我喊著。

　　我媽朝我丟出一隻拖鞋，然後我從家裡跑出來。反正我也不想去雜貨店，我好累。在出門之前，我氣呼呼的對我媽大聲說：「你爸算什麼雜貨店老闆啊？」

　　我跑去找爺爺，就是那個咖啡店老闆……

「我可以在你這裡工作一陣子嗎？」

　　我變得跟奧斯曼叔叔一樣，只要能躲我媽，無論去哪裡都好。**我願意**當個咖啡店學徒。

　　我連續喝了一星期的歐拉雷特；早餐喝柳橙口味的歐拉雷特，午餐喝蘋果口味的歐拉雷特，下午喝綜合口

味的歐拉雷特……爺爺告訴我一杯水加一小匙的歐拉雷特粉就好，但是我加了兩小匙。

管他的！反正他們就算看到好心人也分不出來！

過了一星期，我開始感到無聊。歐拉雷特很好喝，但只到某種程度而已。你知道，你會開始想吃巧克力、洋芋片那些東西。於是我問爺爺：

「你有沒有聽到什麼消息？你知不知道阿公把非洲小孩的捐獻箱拿去做什麼了？他有沒有告訴你什麼？」

「我不知道。」

「去問一下嘛。你真是個冷漠的爺爺！我被困在這間咖啡店裡了。難道你根本就不疼我？我灌歐拉雷特已經灌到爆表了。」

爺爺同意了。我就知道我是他心中最軟的那一塊，我就知道。

他去雜貨店買一些糖。

「問題解決了。你阿公把箱子拿給清真寺的教長，然後教長把點心送給參觀清真寺的小孩了。」

他把我努力收集來的東西當成自己的捐出去，還真是個男子漢！

我不太喜歡教長，不過那又是另外一回事，不關這件事。

「他在生我的氣嗎？」

「沒有，他很想你。他說他一個人忙不過來，需要你幫忙。快去吧。」

爺爺在說謊。

「那你怎麼辦？你一個人可以應付嗎？」

我洗了一星期的碗盤，爺爺已經習慣有我幫忙了。

「我會勉強應付過去的，你去吧。」他說。

當然，他一定會的。畢竟我不是當初開咖啡店時提供建議的人，我不可能會是個好幫手。我在這裡的工作告一段落了。

我衝去雜貨店。

阿公坐在他的沙發上看報紙。

我抓了一把堅果，在糖箱上坐了下來。他看著報紙說：「拿點堅果給我。」

他不用放下報紙就能知道我來了，還能知道我在吃什麼，真是神奇……

我把堅果拿給他，然後去掃地。雜貨店看起來像是

一個禮拜沒掃了一樣。

　　他沒有我**真的不行**。

　　「我沒教養，但你不能沒有我，難道我說錯了嗎？」

　　我本來打算這麼說，但是我不想再嘮叨下去。

　　我回來了……

獨自生活的
威比叔叔

我們有個顧客，叫做威比叔叔。他確實是我們的顧客，卻從來沒有踏進雜貨店過。像這樣跟你沒有任何接觸的顧客，才是最棒的顧客。

阿公對所有顧客的態度都一樣，沒有喜不喜歡的問題，也從來不說任何一個顧客的壞話。我就做不到。我把我們的顧客分成四種：正常、討厭、非常討厭和超級討厭。我最喜歡的是超級討厭的顧客，如果沒有他們，這份工作一定會很無聊。但是話說回來，我真的希望**永遠不要看到他們。**

我認為最理想的購物方式是透過電話訂購。顧客打電話來，告訴我們要買什麼，如果店裡有貨，我們就送去，如果沒貨，我們就不送去。這樣省得在貨架前猶豫

不決，省得把商品一個個拿起來查看，也省得問「你們有沒有這個？你們有沒有那個？」。只要告訴我們要買什麼，掛斷電話，事情就結束了。不過，只有一個顧客會用這種方式購物，那就是威比叔叔。除了他以外，每個人都喜歡到雜貨店採購，就連老太太也**拄著柺杖來**。我總是告訴她們，我可以幫她們送去，她們不必這麼辛苦，但她們照樣常常來，而且光買東西好像不夠，**她們還會讓我惹上麻煩。**

我們村子裡有一間診所、一位醫生和一位護理師，但是老太太比較喜歡來找**我**，因為**我比醫生和護理師好**，我想是這樣。

好，事情是這樣開始的。有一天，盧菲耶伯母來買一公斤的米，所以我就給她一公斤的米。

「那是什麼？」我把一袋米拿給她時，她這樣問我。

「你要買米，這就是米……」

「我要煮碎小麥，幹麼買米呢？我不需要這些米。」

我火大了：「你說要買米，所以我秤了米，如果你說要買碎小麥，我當然會秤碎小麥，不然我瘋了嗎？」

我當然會火大，畢竟我是對的。秤米是很麻煩的

工作，因為米粒會灑得到處都是，很難控制。每次不得不秤米時，我都會覺得很討厭，尤其是現在有人說我拿錯了……

盧菲耶伯母說：「噢，對不起，孩子，我的頭很痛，我不知道自己在說什麼。」

「為什麼不吃藥呢？」我問。

她說家裡沒有藥，而且她懶得去醫院。

阿公的藥袋就掛在牆上。

「那我給你一顆藥好了。」我一邊說，一邊在阿公的藥袋裡翻來翻去。藥袋裡有兩種止痛藥，我不知道該給哪一種。

「到底是哪裡痛？」我問。她指著脖子後面的地方。阿嬤總是說，從脖子後面開始發作的頭痛是血壓引起的。

我把診斷結果告訴她：「你的血壓低，所以才會頭痛。」然後靠著「**點兵點將法**」選好了止痛藥。

我把我選好的藥拿給她，順便賣給她一公斤的優格，叫她多喝一點鹹優格飲料，她就回家去了。

過了幾天，她又來了。

「再給我一顆藥。」

「這裡是藥局嗎？」我沒有這樣講，因為嚴格來說，雜貨店裡的每樣東西都可以賣。我看了看阿公的藥袋，裡面有二十顆藥，藥袋上有標出整包的價格，所以我把價格除以二十，加上一點可以讓我買糖果的利潤，然後拿出一顆藥賣給她。畢竟我有提供服務，拿到一些報酬也是應該的。

她起先驚訝的說：「**什麼？這不是免費的**

嗎？」還差點把藥留在櫃臺。

「嗯，藥局是免費的嗎？你自己決定吧。我的頭沒問題，需要治療的是你的頭。」

她付了錢之後就離開了。

隔天，她又來了。隔天的隔天，她叫梅拉哈特伯母到雜貨店來。

「聽說你有一種藥很有效。我的腿好痛，**你也給我一顆吧。**」梅拉哈特伯母說。

「那是治療頭痛的藥，不適合你。腿痛要吃別的藥，可是我沒有那種藥。」我回答。

「給我一樣的藥就行了，我的腿痛死了。」她說。看得出來，她已經痛得受不了了。「給我看看。」我說，「你哪裡痛？」她指了指自己的膝蓋。我知道這種狀況，有一次我摔跤，膝蓋破皮流血，真的痛到不行，所以我明白她的痛苦。

「等一下，」我說，「去坐在那個糖箱上。」她已經很老了，還得忍受腿痛，如果去醫院，一定要花時間等，「所以還不如坐在糖箱上等。」我心想。

我跑去找曾祖母。她是阿公的媽媽，年紀很大，而

且**很愛生氣**。她天生就是個愛生氣的人，至少我是這麼想的，她帶著憤怒來到這個世界……她老是在抱怨，甚至會跟蒼蠅打架，所以每個人都怕她，但是她很疼我。我常常從店裡拿一些哈爾瓦酥糖給她，因為她不能吃甜的東西……我覺得沒差，我生下來就是為了打破規則的……如果你連哈爾瓦酥糖都不能吃，**那活著還有什麼意思？**所以我都會帶酥糖來給她。

我告訴她，阿公要跟她拿風溼藥，然後買新的給她，於是她把藥給了我。對她來說，**免費的藥比蜂蜜還要香甜**。

我把風溼藥拿給梅拉哈特伯母，告訴她「每六個小時吃一顆」。我有一次生病，醫生也是這樣跟我說的。梅拉哈特伯母回家了，隔天又來了，我又把同樣的藥賣給她，**祝早日痊癒**。我沒有做任何壞事，只是在散播健康而已。

隔天，胡斯妮耶伯母來了，她說她拉肚子。這個比較容易處理；我從家裡拿了一些阿斯匹靈，加到汽水裡讓她喝下去，然後請她回家休息。我不只賣了阿斯匹靈給她，也賣了汽水給她。希望她第二天會感覺好多了。

不知道為什麼，所有老太太都開始來找我。從那個時候起，我就經常幫她們量血壓。量血壓的費用比較高，因為我每次都要冒著風險，偷拿阿嬤的血壓計。雖然一被抓到就完了，但是這個生意挺好賺的，我每次都可以賣掉一公斤的優格。「**你的血壓太低了，要多喝一點鹹優格飲料。**」我突然為雜貨店找到了新的**收入來源**。

有一天，診所的醫生來了，他滿欣賞我的。我很尊重他，畢竟他為了當醫生念了很多年的書，而且**當得還不錯**。他總是問我長大以後想做什麼。雖然我很失望，就連他也在問這個問題，但我還是會跟他說，我要當雜貨店老闆，只是我不需要等到長大，因為**我現在就是**。然後他哈哈大笑，這句實話把他逗笑了。大人就是這樣，你對他們說實話，他們就哈哈大笑……

我趁著醫生來雜貨店時，向他討教了一些訣竅，像是如何減輕喉嚨痛、如何知道病人有尿道感染問題、如果有人連吐了兩天要如何止吐等等。每個問題都逗得他哈哈大笑。阿嬤常說，**書讀太多會把腦子燒壞**，我想這就是發生在他身上的事。不過，他還是有回

答我的問題，所以我讓他笑個夠。**只要他回答了問題，那就隨他去吧……**

阿公用他的眼神告訴我不要再問了。他從以前就不喜歡我跟顧客聊很久，尤其是跟醫生和老師。他不需要開口就能讓我知道他在生氣。他是個只靠眉毛就能罵你一頓的人。他會瞪大眼睛，噘起嘴脣，用這種方式叫我閉嘴。**但是我通常不會閉嘴。**

那天，我也沒有閉嘴，因為我需要收集這些資訊來拓展我的事業。我的短期計畫還包括去找凱茲班護理師，請她教我如何打針。

正當我向醫生問問題、順便逗他開心時，有頭痛問題的盧菲耶伯母和得了風溼病的梅拉哈特伯母走了進來，兩個人一起來！這真是太糟糕了！我試著揮手叫她們離開，但她們沒看懂。她們的視力不是很好。

「我的頭又在痛了，而且痛得很厲害。上星期還好，但現在又從脖子後面開始痛了。」盧菲耶伯母說。

醫生問她們有沒有其他地方不舒服，盧菲耶伯母卻對著我說話，都沒有看醫生一眼。梅拉哈特伯母也接著說，她的臀部在痛。還是一樣，醫生問她從哪裡開始

痛、從什麼時候開始痛，她卻一直對著我說話。

　　我們五個人站在一間小雜貨店裡。我試著逃跑，但是兩位老太太用枴杖擋住我的路，要跟我拿藥。她們說身體痛得受不了、沒辦法睡覺或走路，還說我會拿藥給她們吃。

　　醫生在努力了解狀況，但是阿公一下子就聽懂了，他的反應比較快，畢竟他很習慣跟我一起生活了！這次，阿公不但發火，而且整個人都著火了。

　　「你有沒有拿藥給她們吃？」

　　「阿公，她們生病了，而且身體痛得睡不著。」

　　「你有沒有拿藥給她們吃？」

　　阿公問了相同的問題，這表示事情大條了。我承認了。

　　「有，我有，因為可以幫她們。」

　　醫生插進來說：「你為什麼隨便拿藥給她們吃？」

　　「我沒有隨便拿藥給她們吃，我有聽她們講自己的身體狀況。如果頭痛從脖子後面開始發作，那就是血壓引起的。我都會量血壓，結果血壓都很低。」

　　「你還量了血壓？」

「不是每次都量，有需要才量。像梅拉哈特伯母得的是風溼病，所以就不需要量血壓。對不對，伯母？」

我把球丟給她們，她們會幫我解釋，而且也真的這麼做了。她們說醫生總是要她們做更多的檢查，但是她們沒辦法去醫院做檢查。她們還說我給的藥很有幫助，讓她們睡得比較好。

「而且很便宜，」梅拉哈特伯母說，「她一顆一顆的賣，所以比較便宜。」

這句話不該出現的。阿公本來有點消氣了，但是現在又發怒了。

「你收錢了嗎？你為什麼會這樣？到底是跟誰學的？你為什麼要做這些事？」

就在阿公不停數落我時，阿公的媽媽走了進來。

「蘇克魯！我的藥呢？你把藥拿走都不用還的嗎？我看你會連我最後是死是活都不知道。快把我的藥拿來，我的腿好痛。」

「就算你當了阿公，你也是有媽媽的。」我心想，「在大家面前挨罵，真是活該！」阿公活該！

雖然我可以**擺脫**阿公，但是醫生沒有放過我。他

講了一小時，也解釋了吃錯藥可能造成的後果。我聽了，一邊聽一邊看著地板，試著研究地板上的圖案。我看起來聽得很專心，但其實我在想威比叔叔的事。

我答應威比叔叔今天晚上要把他的胃藥和訂購的東西一起拿去給他。他跟我說他有胃灼熱的問題，幸虧有薇西蕾阿姨，我才

能找到正確的藥。正在懷孕的薇西蕾阿姨也有胃灼熱的問題，所以對她有幫助的藥，對威比叔叔應該也會很有幫助。

　　我希望醫生不會檢查我的口袋，因為如果他檢查了，肯定會找到威比叔叔的藥。他又繼續講了一會兒，才終於結束訓話。

　　「把書念好，當上了醫生，才可以再開始幫人開藥。」他說。

　　「拜託，我不用念書就在當醫生了，我比你還強。你看，你的病人全來找我了，看看盧菲耶伯母！看看梅拉哈特伯母！他們現在走起路來輕鬆多了。」我想要這麼說，但當然不會這麼說。我向醫生道歉，然後繼續執行我的任務。

　　大人喜歡小孩向他們道歉，所以我道歉了，沒必要再浪費時間，威比叔叔的胃還在燒。

　　威比叔叔一個人住在村子外，孤孤單單的，而且他的屋子離村子很遠。他有很多狗，還有一間樹屋和一塊墓地——**是真的！**

　　他沒有把他父母安葬在村子的墓園裡，所以他父母

就躺在他家的院子裡。我每次去他那裡都會感到毛骨悚然；我是說，他的屋子在森林深處，他的狗四處遊蕩，他的院子裡有兩具屍體⋯⋯但是我愛威比叔叔。就像我說過的，我最喜歡他這種顧客，他總是會買餅乾和橘子汽水，然後請我喝一杯他買的橘子汽水。我會拿著我那杯橘子汽水和兩塊餅乾，到他的樹屋裡跟他一起享用，而且我絕對只拿兩塊餅乾，不是三塊，因為我想讓他**愛吃多少就吃多少⋯⋯**

他的話不多，但是很樂於傾聽。我會告訴他一些事，像是村子裡發生的事、我在雜貨店或咖啡店裡聽到的事，他從來不會叫我閉嘴。如果我和威比叔叔聊天，阿公一定會叫我閉嘴，一千次都不嫌多。沒有阿公在身邊，我可以放輕鬆跟威比叔叔**聊個夠**。

我也有告訴他那天發生的事，「醫生很稱讚我，他說從來沒看過像我這麼聰明的孩子：『我們這麼多年來都做錯了。我們叫病人到診所看病、送他們去醫院做更多的檢查、開藥、叫他們去藥局領藥⋯⋯不只病人和老人覺得累，我們也很累。你的方法太好了，你把所有服務全部集中在一個地方，就在雜貨店裡！』」

「他還叫我問候你一聲。」我接著說，然後把治療胃灼熱的藥拿給他。

威比叔叔一邊聽我說話，一邊把麵包屑丟給狗吃。我為他的父母禱告。雖然他們以前常常罵我沒禮貌，但是我知道我必須對著墳墓禱告。

在回來的路上，我在想，如果醫生再問我長大以後想做什麼，我會告訴他，我想成為威比叔叔。

那種生活真的很棒……一個人住在森林裡，沒有阿公對你豎起眉毛，沒有媽媽叫你吃飯，沒有醫生、梅拉哈特伯母和盧菲耶伯母那些人……

對，成為威比叔叔最棒了……

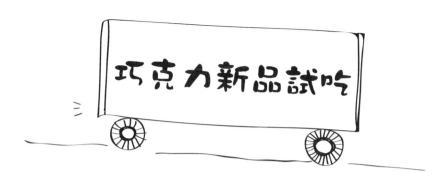

在雜貨店當學徒有個最酷的特別待遇，那就是可以隨意進出**補貨車**。補貨車是把商品運來給我們雜貨店販售的車子。補貨商人每隔十或十五天來一次，他們會問我們需要什麼，也會把新商品拿給我們賣。

補貨車就像一間到處跑的雜貨店，你可以走進去，指著說你想要哪些商品，不想要哪些賣得較差的商品……這也許不怎麼酷，但是遇到新來的推銷員時，就有好戲登場了。有時候，推銷員會問阿公想不想試吃新商品，然後阿公會叫我過去「**試吃一下，這樣才知道我們該不該買。**」

　　這句話很有魔力……成為第一個試吃巧克力的人，從一群朋友當中走到補貨車上品嘗口味，然後做出決定：

(A) 很好吃，我們買一些吧。

(B) 不好吃，我們不該買。

　　想想看，全村孩子的命運都掌握在一個人手中，如果我說不好吃，他們就沒有機會吃到那種巧克力。不過，我從來沒有拒絕過任何巧克力，而且我對它們的評語一律是「很好吃，我們買一些吧」，因為我不想對不起我的朋友們。每當店裡有新商品上架，那些商品通常會最先賣光。平常我們很少有新商品，所以等到有新商品出現時，村子裡的小孩早就厭倦了店裡的其他商品。

　　對於那些經常坐在雜貨店門口的小孩來說，這一直

是個很隆重的任務，而且我正在為他們打開通往新世界的大門。真酷！

有一天，我在補貨車裡試吃巧克力時，突然發覺這樣對村子裡的其他人很不公平。我們太自私了！一切都是阿公的錯，店裡賣的都是阿公想賣的東西，村子裡的小孩都只能吃我想吃的東西，這樣不行，我必須對這套制度說不。我唯一需要的是一本**筆記本**，而店裡有**很多**筆記本。

每到快開學時，阿公都會把文具貨架清空，然後擺上鉛筆、圓規、鉛筆盒、墨水和沾水筆。基本上，學生可能需要用到的各種文具，我們店裡都有。因為筆記本會占據不小的空間，所以過了開學的那幾週以後，我們會在架子上留幾本筆記本，把剩下的都搬進儲藏室。

前一年，阿公叫我把一箱筆記本搬進儲藏室。那時我還不是雜貨店學徒，只是他的孫女，所以我不得不聽他的話。我拿起箱子，把它放在我找到的第一個空位，然後我再也沒有進過儲藏室。

一年後，阿公叫我把那箱筆記本拿出來，這樣就

可以把筆記本擺到架子上。我回到儲藏室，發現筆記本竟然布滿灰塵，因為箱子是打開的。如果阿公知道我沒有把箱子蓋起來，絕對會罵我一頓，於是我開始撢掉灰塵。前兩本筆記本完全被灰塵覆蓋了，所以無法看到封面。我把那兩本拿起來擺在一旁，打算等到更恰當的時候再把它們燒掉。但是我每拿起一本，心情就愈往下沉。我有麻煩了，而且麻煩大了。「今天死定了。」我心想。也許我可以離家出走，更有可能發生的情況是阿公把我趕出去，反正情況很糟。

原來是老鼠鑽進箱子，把所有筆記本都**啃掉**了一小塊！阿公已經在叫我把箱子拿出去，但是我整個人嚇傻了。

突然間，我的脖子可以感覺到阿公的呼吸。阿公來了⋯⋯他就站在那裡⋯⋯站在我後面⋯⋯

往好的方面想，既然老鼠能啃掉筆記本，一定也很容易就能啃進箱子裡，所以責怪那個沒有把箱子蓋起來的人是沒有意義的。這個責任完全要由兩個罪魁禍首來承擔：一個是**阿公**，是他決定把筆記本留在這裡的，另一個是**老鼠**！如果我搶在阿公之前採取行動，

就可以從這場折磨中全身而退。於是我用嚴厲指控的語氣對阿公說：「阿公！看你做的好事！是誰說要把筆記本放在這裡的？你感到很驕傲嗎？它們都被老鼠啃壞了，嘖！」

就在我繼續發表長篇大論時，我突然看見阿公**兩眼冒火**，於是我連他回答什麼都沒有聽，拔腿就跑……他在我後面大吼大叫。我真是膽大包天，怎麼可以責怪自己的阿公呢？尤其他也是這間店的老闆。他當然可以讓老鼠啃掉他的筆記本；如果他願意，他甚至可以自己啃掉那些筆記本。

我是怎麼搞的？

最後，阿公出去買了新的筆記本。他說，舊的筆記本不適合拿來賣，但還是可以給我們家族裡的孩子用，也就是我和親戚小孩們。好極了！他把筆記本放進儲藏室，沒有把箱子蓋起來，就算他知道那裡有老鼠，而且我是那個得帶著被啃壞的筆記本上學的人。好極了！我的阿公真的好聰明！

他可以盡情做他想做的事。

阿公每個星期六都會去市集，留我一個人顧店，這代表找別人顧店是你可以做的事。所以那個星期六，我找我的表哥顧店。反正所有東西都標上了價格，而且我只會離開三十分鐘。

我帶著被老鼠啃壞的筆記本，在村子裡挨家挨戶拜訪。我已經寫好也背下了一段很棒的話，然後我對每個人說出這段話：「本雜貨店很樂意為您服務。為了提升服務品質，請在下方寫下您希望本店進貨的商品，還有您的投訴和建議。您的意見對我們十分重要。」

上次我和爸媽在主題樂園裡的一個地方吃東西時，曾經看過類似的話。我說過我很喜歡讀商品的包裝袋。當時桌子上有一張紙，它的內容基本上就跟我寫的一樣。我只需要做點修改，就可以用在我們雜貨店上。

我趁著阿公回來之前，跑回店裡工作。雖然我跑得很喘，但是至少解決掉那些筆記本了，再說，聆聽顧客的意見非常重要。

一個星期後，我走到雜貨店門口，發現阿公正在等我，還把雙手放在背後。他找我談話，還問了我很多問題，比如，「你媽媽去哪裡了？」、「你為什麼遲

到？」、「你爸爸上班去了嗎？」、「你爺爺起床了嗎……」我回答了每個問題，但他還是不讓我進去。阿公把雙手放在背後，所以我看不見他拿著什麼東西。

我心想，也許他把東西藏在背後，準備給我一個**驚喜**，但這根本不像他。這只是我的一個愚蠢白日夢。

後來我忍不住了，於是拉著他的手臂說：「**讓我親一下你的手。**」這樣我不但可以親吻他的手，看看他拿著什麼，而且終於可以進入店裡。但是當我抓住他的手時，我發現這是個天大的錯誤。

他拿著三本筆記本，三本被老鼠啃壞的筆記本！

「**喏，這些是給你的。**」

「喔，好漂亮的筆記本，是他們還給我的嗎？」

「讀讀裡面的內容。」

「我們對雜貨店很滿意，但是對店裡的學徒不滿意。上星期，她告訴我必須等到舊麵包全部賣完以後，才能買新鮮的麵包。還有，我想要退掉一個過期商品，但是她告訴我，她沒辦法確定那個商品會不會其實是在我家過期的。她指控我把商品放到過期，只為了拿去店裡換貨。我們希望雜貨店的員工多注重一下禮貌。」

　「看到顧客對你的意見，你覺得怎麼樣？」

　「這不是真的！全都不是真的。我認識這個人，是不是哈克？住在我們後面那條街的哈克？他每次都想賒

賬，但是我不讓他賒帳，所以他懷恨在心，想要說我的壞話，**結果你還相信他。**」

「孩子，你為什麼把筆記本發給他們？你瘋了嗎？為什麼你總是做這些奇怪的事情？他們寫了一大堆意見，當然會這樣。誰會問顧客想要什麼呢？」

「嗯，所有人都該問。我想請他們回答一些問題，所以我不得不這樣做，誰叫你把那些**被老鼠啃壞的筆記本**都塞給我。為什麼別人可以帶著漂亮的筆記本去學校，我卻只能用這些破筆記本？萬一有人說『看看那個女生，她居然帶著破筆記本到學校來！』那該怎麼辦？難道筆記本被老鼠啃壞是我的錯嗎？難道是我把老鼠放進儲藏室的嗎？你老是生我的氣！每個人都一樣！我永遠是那個做錯事的人！**這些……這些……破筆記本……**」然後我開始哭。

每當我很生氣，就會開始哭。我討厭這樣，但是有時候還滿管用的。只要我一開始哭，爭執場面就會結束，這次也不例外。不過哈克已經被我列進黑名單，我發誓**我會報仇……**

住在噴水池附近的老爺爺

　　我們雜貨店就在清真寺前面……每當清真寺傳出喚拜聲，阿公就會去做禮拜，從來不會待在店裡做他的工作。所以假如有那種呼叫一整天的喚拜聲，他大概會一整天都待在清真寺裡。村子裡的小孩也會上清真寺，因為教長要幫他們上課。不過，我關心的不是他們什麼時候去清真寺，而是他們什麼時候**離開**清真寺。因為他們通常會直接從清真寺走進雜貨店，然後買很多東西。

　　清真寺裡的小孩會從午餐時間待到晚餐時間，所以傍晚以前都不會有小孩進入雜貨店。我討厭這樣。

　　於是，我告訴平常來店裡的小孩：「跟教長說你們需要一些休息時間。你們整天都待在裡面，真是太可惜了！就算一天只有兩次休息，你們也可以出來散散步、來雜貨店吃吃甜點，再回到清真寺。你們偶爾要出來呼

吸一下新鮮空氣。」

　　我對每個來店裡的小孩都這樣說，過了一陣子以後，我終於說服成功。當我們小孩突然異口同聲說同樣的話，通常就能把事情鬧大。所以當每個小孩都開始喊著「休息！休息！休息！」，教長自然就生氣了，並且開始調查這個主意是誰想出來的。他沒多久就查出了結果，顯然那些小孩很快的就報上了我的名字。

　　那天下午，教長在禮拜結束後跟阿公一起來雜貨店。

　　「老大哥，這孩子總是待在店裡。叫她也來清真寺上課吧，這對她有好處。」教長說。

　　阿公肯定一直在等教長這麼說，因為他馬上就同意了。

「沒問題，我們會叫她去。」

沒問題，我們會叫她去？那我的意見呢？

有沒有問過我的意見？有沒有問過我想不想去？天哪，當人家的阿公簡直是男人所能擁有的最棒工作！你可以代表任何人做決定。**當了阿公，就等於當了皇帝**！整個世界都是你的！

第二天，他們把我送去清真寺。原本我每天等著阿公離開清真寺，現在反而變成我每天等著自己離開清真寺，**而且還沒有休息時間**！我的計畫把我自己給害慘了。

我沒有學到什麼東西，因為班上的人數太多，教長照顧不到每個學生。每次輪到我的時候，我就快速背誦「願真主啟發你」、「願真主祝福你」和「榮耀歸於真主」，然後回到角落裡，用巧克力包裝紙做書籤。

我無聊得快要爆炸了。

有一天，教長叫我們**掃地**。別的小孩馬上站起來去拿掃把，但是我已經把人生都花在掃地上，掃雜貨店的地板、掃咖啡店的地板……而且我也不想掃清真寺，於是我說：「門都沒有。」我們平常也要上學，但是沒

有人叫我們在上學的時候幫學校掃地，所以為什麼我們得在放暑假的時候掃清真寺呢？我不只拒絕掃地，還阻止其他小孩掃地。**反正又沒有休息時間！**

過了一星期，教長受不了我這麼多話，於是叫我回去阿公那裡，並且告訴阿公不要再把我送到清真寺了。阿公一點都不意外，但是也沒有放過我。

「好吧，胡斯妮耶大姊在家裡開班，你去她那裡上課。」阿公說。

喔，我喜歡胡斯妮耶伯母，她有時候會來雜貨店，而且很愛聊天。我告訴阿公我會去。我每天早上會行淨身禮，用水清洗雙手、嘴巴、鼻孔、手臂、頭和腳，再戴上頭巾，然後拿著我的《古蘭經》走到她家。我希望她可以像我一樣注重這些規矩，但是她從來沒有。她的年紀很大，常常需要上廁所，但是她上完廁所以後，沒有行淨身禮就回來教我了。這是不對的！這跟我學到的事情互相矛盾。為了這件事，我每天都在跟家人爭論。

我會大聲的說：「她沒有行淨身禮就教我《古蘭經》，這樣算什麼家教呢？我怎麼學得到東西呢？」胡斯妮耶伯母根本沒有遵守她自己教我的規矩。然後，阿

嬤會大聲對我說，如果我對每個家教都不滿，就會變成一個無知的人。我會假裝扯破衣服，喊著說：「如果我得用這種方式學習，那我寧可不要！」在做出反擊之後，我會跑到奶奶那裡等個兩天，好讓阿嬤開始想念我並且投降。阿嬤的心就跟媽媽的一樣軟。最後，他們換掉了我的家教。

「這樣不行。」阿公說，「如果她每次去上課都要抱怨，最好不要去了。今天晚上我跟穆罕默德談談，然後叫她開始上他的課。」

我認識穆罕默德，他是個認真的家教，總是會坐在窗前看路過的人。他的家就在湖邊，所以我下課以後還可以去湖邊走走。

「沒問題。」我回答說，「我會去找他上課。」

我去了，我原本就想去。這次我是認真的，不會再半途而廢，但是我沒辦法用阿拉伯語發「ayn」這個喉音，我就是辦不到。穆罕默德一直跟這個喉音過不去，他堅決認為如果我發不出這個對我來說毫無意義的喉音，就沒有辦法繼續學習《古蘭經》。我在家裡為我的

立場辯護，我解釋說，就算你發不出r的音，你還是可以說土耳其語。我是對的！但穆罕默德是我的家教，當然得聽他的，結果一個月後，我還是放棄了。

他們告訴我，**住在噴水池附近的老爺爺**是我最後的機會。

「那個老爺爺？他幫不了什麼忙的，他太老了。」我說，但是他們已經決定好了。

「去找他，請他教你讀《古蘭經》，而且沒有學會以前不要回來，因為我們找不到其他家教了。」

我去了。

這位老爺爺的年紀很大，留著白鬍子，有一雙藍眼睛，看起來就像是童話故事裡那種很有智慧的老人。我每天早上都去上他的課，每次他教完兩個《古蘭經》字母，就會開始講童年的故事給我聽。他真的很老了，所以只記得童年的事情，而且講得很精彩……我本來就喜歡聽故事，不過他讓我感覺我在聽古老的童話故事，我會一邊聽他說故事，一邊神遊到不同的世界。過了一會兒，他就會睡著。

他一個人住，而且年紀很大了，所以我會趁著他

睡覺時打掃他的屋子。等到我要離開時，我會從他的糖果罐裡面拿走一顆糖果，在村子裡四處閒晃，然後回到雜貨店。他開心，我也開心！我找到了最適合我的生活方式。

當然，這種好日子沒有持續太久。有一天晚上，我們整個家族聚在一起吃晚飯。我一點也不喜歡這種場合，所有人都聚在一起……無處可躲。我感覺進退不得；爸媽已經夠嘮叨的了，奶奶、阿嬤和姨媽們還不停加入對話，搞得我暈頭轉向的。反正我想只要我安安靜靜的吃飯，應該沒有人會惹我，所以我沒有出聲，只是默默的吃我的飯。

就在這時，阿公對我說：「來吧，孩子，帶我們禱告吧。」

我看著阿公，就像一個懶惰的學生還沒念書就要上場考試一樣。

媽媽推了我一下，然後說：「快，別害羞。」

「你不知道怎麼禱告嗎？」阿嬤問。

「不可能，那位老爺爺一定有教過她。」奶奶說。

姨媽帶著懷疑的語氣說：「你該不會蹺課了？」

太可怕了！我看著我姑姑，**幾乎要哭出來了。**
我用眼神請求她：「拜託救救我，真主一定會幫助你，
讓你跟心愛的人在一起的。」她明白了。

　　她說：「不，她當然有上課，但也許她想換個不一
樣的祈禱詞。」

　　我在心裡稱讚她真是個天才。於是我清了清喉嚨，
開始禱告。

歡迎來到我們的餐桌。

記得不要灑太多鹽，

不要拿麵包沾燉白豆，

那盤泡菜要多吃一點。

我們大家相聚在一起，

比甜點還要甜蜜。

希望我們長得愈來愈壯，

不要變得愈來愈老。

希望我們的餐桌永遠豐盛。

阿敏[8]。

我說完了，但是感覺屋子裡刮起一陣冷風。那時是九月，快開學了。我花了一整個暑假評估家教的品質，現在暑假即將結束。我爺爺不忍心再看到我坐立難安，於是說：「沒關係，明年暑假我們再送她去清真寺。反正這個暑假快過完了。」

我姑姑拿出甜點，事情就這樣畫下了句點。

我覺得我的祈禱詞很棒，於是把它記在我的筆記本上。

注8　阿敏：伊斯蘭教祈禱詞的結束語。

從德國回來的土耳其人

　　每到夏天，村子裡都會出現許多不停發出喇叭聲的車子，它們從一進村子就開始**叭叭叭**的響，到了目的地以後才安靜下來。村子裡的人都會好奇的出門查看，我也會走到雜貨店門口的臺階上，看看究竟發生了什麼事。

　　住在德國的土耳其人紛紛回來過暑假了，他們表達喜悅心情的方式就是按喇叭。

　　在所有從德國回來的鄉親當中，我最喜歡伊布拉欣伯伯，他和阿公是好朋友。只要伊布拉欣伯伯回來度假，原本在理想狀況下，每天來店裡一兩次的阿公就會完全放下工作，到了傍晚還會跟伊布拉欣伯伯一起散步。阿公非常開心，**過著爽得不能再爽的日子。**

　　我什麼話也沒說，因為我喜歡伊布拉欣伯伯，他

都會送我德國的巧克力，包了整顆榛果的牛奶巧克力。以前我們吃的巧克力很少用到榛果，我當然很清楚這點，因為就像我說過的，我有個很廢的習慣，那就是喜歡讀食品的包裝袋。牛骨明膠、卵磷脂、植物油、乳清粉……雖然我在吃巧克力時，只要想起這些成分就會覺得噁心（牛骨明膠特別令人倒胃口），但我還是繼續吃。我想我真的很貪吃。

有一天，阿公和伊布拉欣伯伯出去散步。我拿著一個包了整顆榛果的牛奶巧克力走到店門口，坐在臺階上，旁邊還有其他小孩。我把我的巧克力分給那些小孩，每個人分一小塊。我當然知道一小塊巧克力對小孩子來說絕對不夠，所以我確定他們會進去買更多的巧克力。不過就在這時，一個從德國回來的小孩跑了過來，在我們面前停下腳步。

「我要辦生日派對，你們要來嗎？」他問。他的土耳其話帶著一種口音。

我們當然馬上抓住這個機會。我們從來沒有參加過生日派對，這種事情在我們村子裡很少發生。更正：在我們村子裡從來沒有發生過。所以我們立刻回答：

「要！」

我們常常會在這些小孩回到德國以後，學他們的口音說話。是的，我想我們在那時候不是很乖。

隔天，我們去參加生日派對。他爸媽給他買了一個好大的生日蛋糕！**對我們來說已經大到奢侈的程度……**

我們只看過那種把布丁倒在餅乾上的蛋糕。比較

重視擺盤的媽媽們會多疊幾層，鋪滿彩糖，這樣一咬下去就會有脆脆的口感。那些不知道什麼是**擺盤**的媽媽們，只會把餅乾搗碎，倒入布丁，拿去冷藏，然後把它稱作馬賽克蛋糕！但是這個蛋糕不一樣，它上面有**蠟燭**，我們全都盯著這個生日蛋糕看。他們還買了汽水和檸檬水，可能性是無限的。

我們那天吃個不停。雖然我早上已經在雜貨店裡吃了一大堆垃圾食物，但是我在生日派對上還是吞下了所有東西。我真的很貪吃。他們還拿給我們很多德國巧克力，我們也吃光了。

在回來的路上，有些小孩說希望自己也能這樣過生日。我們都有些失落。於是我叫大家聚集在雜貨店門口，然後我把他們的生日全部記在紙上，我有個很瘋狂的想法，我決定從那天以後要來辦生日派對，第一場最快在兩天後就會舉行，我們要幫胡莉亞過生日。兩天的準備時間應該綽綽有餘。

我需要幫忙。我姑姑曾經幫過我的忙，所以我跑去找她，告訴她我的想法。

「村子裡有個可憐的女孩，她的生日快到了，她很

希望那天可以有個生日派對。我來準備點心，你可以做蛋糕，**我們那天來讓她開心一下**。真主一定會幫助你，讓你跟心愛的人在一起的。」

姑姑同意了。於是我從店裡帶了牛奶、可可粉、餅乾和其他材料給她，請她幫忙烤蛋糕。

但是最困難的部分是找場地。我不能邀請他們到我們家，因為就連我自己都沒辦法在早上進入屋裡，他們怎麼會有辦法呢？「別弄得亂七八糟，別碰那些東西，你會弄壞的，不可以，乖乖坐好……」不行，我們家真的不行。

我去找伊布拉欣伯伯談談。

「爺爺告訴我，他很羨慕你和阿公經常去散步。他說希望你偶爾邀請他，這樣他也可以練一練腿力。可憐的爺爺！下次你就找他去散步吧。」

伊布拉欣伯伯笑了，但是他也照我的要求做了。爺爺把咖啡店留給服務生照顧，然後出門去。我大聲的說：「放心，有我在這裡顧著，不會有任何問題，我會搞定一切的。你們儘管去吧，**祝你們玩得開心**。」

於是他們散步去了。

我鎖上雜貨店的大門，到姑姑家拿蛋糕，然後跑去咖啡店。我告訴服務生，爺爺知道這件事。其實爺爺不知道，但是反正遲早會知道，而且還會稱讚我想到這個聰明的點子。

我把咖啡店的桌子併在一起。我從雜貨店裡拿來了很多氣球和絲帶，用它們裝飾牆壁。當胡莉亞和其他小孩來到咖啡店時，她驚喜得眼珠子都快掉出來，而且差點哭了。這是一場真的生日派對，而且**完全免費**。我不打算向她收費，因為這算是試營運，如果進行順利的話，以後就要付費了。但當然，我已經記下大家喝的所有飲料，以後可以向他們的父母收錢。蛋糕是免費的沒錯，但飲料不是。

我們開心的玩了一整天。我鎖好雜貨店，就把它拋在腦後了。我值得好好放個假。

天色還沒暗下來，阿公、爺爺和伊布拉欣伯伯就回來了……

爺爺吃驚的看著咖啡店，問我到底發生了什麼事。

阿公問我誰在顧雜貨店。

爺爺說：「哇，你把咖啡店搞成這樣！」

阿公轉過頭對我說：「這一切都是你幹的，對不對？」

那些小孩一個個溜走，把我一個人留在咖啡店裡。伊布拉欣伯伯也選擇置身事外。

「都是那些從德國回來的人害的。他們在村子裡狂按喇叭，帶好多巧克力和堅果給我們，還有……還有他

們的生日派對……我們也想跟他們一樣，**我們不也是人嗎？**要不然就別讓他們回來。而且我們店裡也有巧克力，你為什麼帶那些巧克力給我們，伊布拉欣伯伯，為什麼？」我胡言亂語解釋著。

沒有人聽得懂我在說什麼。就在這時，外頭傳來喚拜聲。

感謝真主的喚拜，他們都跑去清真寺了。我把又髒又亂的咖啡店留給服務生，然後就溜了。為什麼這是我的問題？那個服務生可以收拾乾淨，何況我已經每天都在打掃雜貨店了……

他應該要慶幸，清潔狂人蘇麗耶沒有上門來檢查。

我的隊長叔叔

　　沒錯，我從小就開始做生意，這代表我大部分時間都在工作，但我還是有空閒的時候。有時候阿公會堅守著雜貨店，在這些日子裡，他除了快速去幾趟清真寺外，整天都會黏在沙發上，一坐就是好幾個小時……我討厭這些日子，因為只要他在店裡，我就什麼也不能吃，畢竟吃東西是我待在雜貨店的主要動機。

　　我需要靠食物來維持大腦運作！但阿公就是不肯走……

　　這些日子就是我空閒的時候，除了懶洋洋的坐在糖箱上，沒有其他事可做。有時候我會說：「好，既然阿公不走，我走。」然後就離開了雜貨店。我會跟其他小孩玩，但大部分時間我會覺得很無聊。如果我回家去，肯定不會無聊，因為沒有時間可以無聊，我媽會指派一長串的工作給我：

　　「快起來幫我準備晚餐！」

「快起來幫我洗碗！」

「做這個！」

「做那個！」

「把這個放到那裡去！」

我知道我只要回到家就逃不出我媽的手掌心，所以不讓她看到我是最好的選擇。我會去找我的隊長叔叔，他住在阿公家隔壁。他叫做隊長是因為他在村子裡的足球隊當隊長，但我不在乎他是個隊長還是船長，我對他櫃子裡的書比較有興趣。他常看的那份報紙每星期會附送促銷書，他都把那些書放在櫃子裡。

其實我在雜貨店裡已經先看過那些書了。我有說過，雜貨店每天一大早都會收到報紙，然後阿公會在報紙被顧客買走之前先看過一遍。後來我也像阿公一樣，在顧客上門之前先看過報紙附送的書，而且我會到報紙買主的家裡重看那些書。我從來沒有錯過任何到隊長叔叔家拜訪和看書的機會，因為我希望他可以把書送給我。我會在天剛亮的時候去，好讓他受不了我，然後對我說：「這些書全都拿去吧！」我有各式各樣的計畫。有時候我會大聲朗誦，有時候我會趴在地板上看書。我

還會挑不恰當的時候去他家看書，比如說，如果他家剛好有客人，我會坐在客廳裡開始看書。我很希望隊長叔叔被我惹毛，把我連書本一起趕出去，但是他完全沒有，他是個**非常有耐心的人**。

因為他住得跟我們很近，所以我媽很容易找到我。

她只要大喊：「你又跑去哪裡了？！快回來！」我不到一分鐘就可以回到家。

有時候，爺爺會帶我一起出去買東西。我是說，當我發現爺爺要出去買東西的時候，我會緊跟著他，**拜託他帶我一起去。**

「好，但是有個條件，你不能叫我買東西。」這就是大人和他們**有條件的善意表現**……

等我答應他以後，他就會帶我出去，但是他也會折磨我。他會在玩具店前面停下來綁鞋帶；他會把鞋帶解開再重新綁好。然後他在麵包店前面又會停下來綁鞋帶。他也會在服飾店和棉花糖店前面做同樣的事情。但是我都沒有叫他買東西。我已經答應過他了。如果他看到我遵守諾言，他就會心軟，然後在我們回去的路上幫我買玩具，還有棉花糖！勝利是屬於我的！

那天，我跟著爺爺一起去市區，然後我們進入一個地方，那裡有很多看起來很重要的人，比如，某某局長、某某主任……

其中一位是國民教育局局長。他提著一袋書，問了我一個所有大人都會問的問題。

「你長大以後要做什麼？」

我可不能錯過這個機會。

「我要當國民教育局局長！」

可憐的局長大吃一驚。

「但是我不知道怎麼做，我連一本書也沒有，沒有人會買書給我。我每天都去隊長叔叔那裡看書，他家的書我都會背了。」我說。然後我開始背誦我在書裡看過的句子。

「小艾和小康最喜歡在下雨天到閣樓上玩耍……」我開始背，結果那個局長打斷我的話。他對爺爺說了很多，像是「小孩應該多看書，書很重要，你都沒有幫孩子買書嗎？」等等，然後他把手中的五本書拿給我，還告訴爺爺哪裡有書店，**我鬆了一口氣**。其實如果我拜託爺爺買幾本書給我，他應該會買，只不過我更喜歡**這種方法**。

爺爺到書店又買了五本書給我，所以現在我有十本書。我放心多了，這樣就再也不會無聊，再也不必去隊長叔叔家拿他的書來看了。但是這些書不到一星期就看完了，而且我不能再使用同一招，所以我唯一能做的就

是扔掉舊書，再買新書。畢竟，不只是我遭受**不當對待**，村子裡的其他小孩也沒有書可看。我已經有兩個星期沒有把報紙送的促銷書拿給隊長叔叔了，要是他來問

我，而且書還沒賣掉的話，我就把書還給他……

　　我在店門口鋪了一個布袋，開始擺攤。我把我的書拿出來排好，還剪了一塊紙板，在上面寫著：「書是精神食糧。」不過我有點猶豫，因為村子裡有很多奇怪的小孩，一定會有小孩誤解我的標語，以為不必再到雜貨店買任何食物，所以我把標語改成：「**書是精神食糧，但是你也應該買巧克力棒。**」只要告訴他們書和巧克力都要買，就可以把兩邊都照顧到。

　　我賣掉了兩本書，而且是用兩倍的價錢賣掉的……通常二手書會比較便宜，但是這裡不是普通的地方。如果他們希望省錢，可以去普通的地方買……

　　後來爺爺來了，他用很不高興的眼神告訴我：「你讓我在局長面前出醜，就是為了做這件事嗎？」

　　他說：「如果你繼續這樣下去，恐怕很難當上國民教育局局長。」

　　就在我要做出強烈反擊時，阿公帶著隊長叔叔來了。阿公看到攤位上的兩本書，低聲的說：「這不是隊長的書嗎？」隊長叔叔，你真丟臉，難道你是那種連兩本書也要追的人嗎？我準備替自己辯解，但是爺爺對阿

公說：「你把她教得很會做生意。你看，她讓我幫她買了書，現在卻在你的店門口把書賣掉。」於是**把阿公惹火了**。我很幸運的挽救了這些書。雖然我不能賣掉它們，但是也許將來我可以蓋一間圖書館，**不過要收入場費……**

踏上新的旅程

　　無論我做什麼嘗試，最後都沒有成功；我的每個生意點子都以失望收場，而且我還成了傻瓜。

　　沒有人對櫻桃氣泡水感興趣。

　　大家都氣我在巧克力醬裡寫下關懷小語。

　　圓錐紙袋計畫還沒開始就已經結束。

　　我製作的明信片沒有人願意多看一眼。

　　那些用來當成閃亮招牌的蠟燭，在阿公注視之下熄滅了。

　　還有那個哈克，我說要提升雜貨店的服務品質，他卻向阿公告我的狀。

　　整個村子的人都沒有經營理念，而且缺乏幽默感……

　　開雜貨店的阿公和開咖啡店的爺爺，這兩個不懂得做生意的男人！他們缺乏生意頭腦，卻擁有全村最重要的兩間店。這是怎麼回事？

我決定了，**我要自己創業。**

我在咖啡店裡幫忙洗碗、招呼顧客、免費招待汽水、收拾杯子、修理椅子，結果我得到什麼回報？

歐拉雷特！

我在雜貨店裡整天打掃地板、搬運箱子、跟客戶打交道、記帳，強迫自己微笑⋯⋯結果我得到什麼回報？

巧克力！

這個世界還有正義嗎？

我知道我不會再從事這些不在乎我想法的職業，所以自己創業是最好的選擇。我開始思考並研究許多職業，有些我做得來，有些我做不來。

讓我們一起來看看有哪些：老師、警察，醫生，

這些都很不錯，賺得也夠多，但是不適合我。這些職業都必須經過長時間的訓練，可是我沒有時間，而且我想找一份可以讓我在夏天工作、冬天上學的季節性工作，所以肯定行不通。再說，我的生意頭腦在這些職業裡派不上用場，不然我能做什麼呢？把紙賣給學生？把手銬賣給犯人？如果是當醫生，就必須按照規定的數量來開藥，不能為了多賺一點就一次開兩盒的藥，而且我已經當過醫生，結果沒有成功。所以我跳過了這些職業。

也許我可以開其他商店來滿足村民的需求，比如，百貨行或五金行……

但是阿公已經超前部署，為每種商品預留了一個架子。我們開的是五金行還是雜貨店？我們開的是百貨行還是雜貨店？他真的很聰明，已經在某種程度上把各種商品都考慮進去了，所以**我很難跟他競爭**。

再說，他有很多忠實顧客，如果我做類似的生意，肯定會賠錢。

我們村子已經有一間理髮店了，再開一間肯定會很蠢……就在我左思右想的時候，一個超棒的點子突然浮現在我的腦海中。我們村子有理髮店，但是還沒有美髮

沙龍！**沒有人為女性提供美髮服務！**所有女人都得跑到最近的城市剪頭髮。她們不需要這樣，我要幫助她們擺脫這種**折磨**。

我一想到這個點子，就跑去找阿嬤。

阿嬤是個裁縫師，所以有很多剪刀，就算其中有幾把剪刀消失了，她也絕對不會發現。於是我藏了一把剪刀在院子裡。現在我只需要一顆頭，就能幫助我脫離新手狀態。

「阿嬤──阿嬤──！」

「我在這裡，親愛的。」

「你還記得我那個長頭髮的洋娃娃嗎？它收在哪裡了？」

「你現在是個大孩子了，怎麼還玩洋娃娃呢？」

「我想要玩扮家家酒，阿嬤，讓我玩嘛，玩一下就好，我真的太無聊了。你可以幫我找嗎？」

如果我把我的計畫告訴阿嬤，她肯定會拒絕。我拿出我的**《小孩面對大人時要注意的事》**筆記本，快速寫下第九篇文章：

第九篇

大人就是這樣。他們買洋娃娃給你，
卻不讓你幫洋娃娃剪頭髮，
或者在洋娃娃的臉上塗色。
他們買玩具車給你，
卻不讓你拆掉輪子，用車子裝泥土。
他們甚至會把玩具車從你手中搶走。
對他們來說，洋娃娃就是洋娃娃，
玩具車就是玩具車，你可以幫洋娃娃梳頭髮，
但是不可以剪頭髮。
可憐的大人，他們太習慣按照規則生活，
卻不知道那些規則是誰定的。

阿嬤不費吹灰之力就找到我的洋娃娃，她把它收在衣櫃裡了。於是我帶著洋娃娃來到院子裡，我梳了梳它的頭髮，然後剪得短短的，看起來就像男生一樣。雖然剪得有點歪，但這是我的第一次，所以還有可以學習的空間。就在這時，阿嬤來了，她大吃一驚的說：「你做

了什麼？！」

這回我帶著強硬的語氣說：「嗯，這是我的洋娃娃，不是嗎？」

「你想怎麼玩都行，但為什麼要剪頭髮呢？你是怎麼回事？為什麼要這樣做，孩子？正常的小孩都是這樣玩洋娃娃的嗎？我們要怎麼處理這些頭髮？看看你，搞得這麼亂。你媽在哪裡？」她像機關槍一樣說個不停。

阿嬤就是這樣。她只要一開始問問題，就沒有人能跟得上她並回答那些問題，最好的辦法就是遠離犯罪現場。我把洋娃娃留在原地，但是拿著剪刀跑出家門。她在我後面大喊：「你拿那些剪刀要做什麼？你去哪裡？**等一下，那不是我的剪刀嗎？**」但是她的問題攔不住我，我還是跑出來了。

我跑到我朋友米蕾家。米蕾是個很棒的女孩，她喜歡冒險，這點對我來說很完美，至少只要我找上她，她就會變得很完美。

「米蕾，我有個瘋狂的想法，但是我需要先請你幫個忙。」

她疑惑的看著我。

「可以讓我幫你剪頭髮嗎？我要開一間美髮沙龍，而且收你當學徒，但是我們要先把你的頭髮剪一剪，因為保持漂亮的外表很重要，這是做生意的第一條規則，你的外表應該反映出你的職業。我是說，看看肉店的老闆，他們每個都長得肥肥壯壯的。你有看過瘦巴巴的肉店老闆嗎？當然沒有，因為那不是正常的現象。所以，如果我們要開一間美髮沙龍，我們的頭髮就需要看起來很漂亮。過來坐在我前面吧。」

米蕾被我說服了，因為我說得**很有道理**。我幫她洗了頭。我在幫洋娃娃剪頭髮的時候，忘了先把頭髮弄溼，也許是因為這樣，我才沒有剪好。我是說，其他部分都很完美；洋娃娃有頭髮，剪刀準備好了，還有個美髮師在場……所以，怎麼可能會出錯呢？

我想要打造層次感，於是我把米蕾的頭髮分成三區：頭頂區、中間區和底部區。然後我開始剪。

老實說，它看起來**很糟**。但是做生意有個黃金法則，那就是永遠不要貶低自己的產品或服務。

我告訴米蕾：「你看起來**很漂亮**，這個髮型跟你的臉很搭。」

但是她一照鏡子，立刻哭了起來。

「我要怎麼跟我媽說？」

我們的媽媽到底讓我們受了什麼苦？她的頭髮現在醜到不行，但是她擔心的不是如何面對她的朋友，而是如何面對她的媽媽……

我從她的旁邊退開。**就讓她哭吧，哭完就會停了**。我變得愈來愈像我媽；每當我在哭的時候，她都會這麼說，而且總是會阻止我爸過來安慰我，她會告訴他不要寵壞我，反正我哭完就會停了。所以米蕾也可以盡量哭，沒什麼大不了的！而且我連自己都顧不了了……

我騎上我的腳踏車，拚了命的踩，想要離開得愈遠愈好……**我一直騎，一直騎**，騎到阿公阿嬤的玉米田才停下來。那裡有個泵浦，我用它汲了點水喝，然後我看見對面的田裡有一棵很大的梨子樹，那是韋達伯伯的田。如果我從他的樹上摘一顆梨子來吃，他不會生我

的氣的，畢竟我剪他的報紙他都沒生氣了，怎麼會為了一顆梨子生氣呢？

我吃了一顆梨子，真的好好吃，好甜……於是我又吃了一顆。然後我坐在樹下開始思考。我想起我在叔叔的課本上看過一個故事，牛頓被一顆蘋果**砸到頭**，然後發現了萬有引力，所以也許坐在梨子樹下可以幫助我想出好點子。結果**我真的想出來了**，我想出了一個會改變我一生的點子！我找到了人生目標，我準備好要為我的新事業奠定基礎了。

我爬上梨子樹，開始摘梨子。我摘下了一串梨子。幸運之神在向我微笑，因為我看見泵浦旁邊有一個布袋。我撿起那個布袋，用它裝滿了梨子。我不得不把腳踏車留在田裡，然後拖著一大袋梨子回到村子裡，因為我沒辦法一邊扛著布袋一邊騎腳踏車。

那天是星期五，村子每到星期五都會很熱鬧，最熱鬧的地方當然就是清真寺前面，我不能錯過這個機會。我把布袋一路拖回家，雖然手臂快痛死了，但是我做到了。我從院子裡拿了一個大籃子，把梨子倒進去。然後我從雜貨店裡拿了一些塑膠袋，要是阿公看見我拿他的

塑膠袋，絕對會發火。我曾經提過那些塑膠袋對阿公有多麼重要。總之，我帶著我的塑膠袋和一大籃梨子站在清真寺前，我還準備了一張小凳子給自己坐。好極了！我準備好要做生意了。

「梨子，來買梨子喔！比蜂蜜還要甜的梨子！來買梨子喔！」

第一個走出清真寺的是傑瓦，他拿起一顆梨子。

「甜嗎？」

「當然甜，我一直在喊梨子很甜。」

他拿了那顆梨子，然後繼續往前走。他打算先吃一口看看，我覺得這很合理，如果不先品嘗一下，就無法確定該不該買。

「你不喜歡嗎？」我問。

「對，我不太喜歡梨子。」

「既然你不喜歡梨子，為什麼要吃呢？」我大喊著，但是他已經走開了。

納賈提叔叔、卡迪爾伯伯、艾哈邁德大哥、穆罕默德大哥、雷傑普叔叔、哈桑伯伯也是一樣……他們一個接一個走出清真寺，品嘗了梨子，但是都沒有買。我的梨子愈來愈少了。終於，阿公和爺爺同時走出清真寺，我面臨了巨大危機。他們走到我面前，問我在做什麼。

「我在賣梨子，你們要不要買？」我說。

我沒辦法秤梨子，不過雜貨店就在前面，所以如果有需要的話，我可以跑回去使用磅秤。但是阿公突然丟了一個問題給我：

「這些梨子是從哪裡來的？」

我不得不說實話。我告訴他，這些是從韋達伯伯的田裡摘來的。

「你偷摘的嗎？」他們問。

「應該是吧，但是不要緊，他不會生氣的⋯⋯」就在我喃喃自語時，阿公對著我大罵：「**孩子，你為什麼會這樣？你到底是跟誰學的？我們有教你不知羞恥嗎？**」

爺爺接著說：「我們受不了你了。」他說：「我們全都受不了你了！」

我呆住了。

我的腦海裡只剩一句話在迴盪。

「**受不了你了⋯⋯**」

我開始哭了，崩潰得哭了，我踹了籃子一腳。

「我也受不了了，」我說，「我也受不了我自己了。」

我把那些準備用來裝梨子的塑膠袋扔給阿公，一邊哭著說：

「你要怎麼用你的寶貝袋子都隨便你！」

我一路哭回家。阿嬤和媽媽在門口等我。

「你把我的剪刀拿去做什麼了？」阿嬤問。

我一直在哭，結果她問我拿她的剪刀做了什麼。

媽媽說我亂剪洋娃娃的頭髮，所以要接受懲罰。

我哭個不停。我受不了我自己了。

我到底是跟誰學的？

真的，為什麼我會這樣？

我把自己鎖在房間裡，一直沒有人來叫我。我想他們一點也不在乎。到了晚餐時間，他們喊了我幾聲，但是我沒有出去。反正爸媽已經知道這件事了，要是我出去，一定又會挨一頓罵。

我一直哭，一直哭。我躲到床底下又哭了一會兒，然後在那裡找到了我的筆記本。我把筆記本藏在床底下，以免被人發現，結果卻把它給忘了。

於是我坐下來，寫下我的第十篇，也是最後一篇文章：

第十篇

也許他們是對的。他們是大人，
但我還是個小孩。他們認為我什麼都不懂。
他們認為我不會為了任何事難過，
而且我一天到晚只想搗蛋。
總有一天，我會證明他們錯了。
為了做到這點，我需要念書。
我會認真念書，成為全班第一名，
不，成為全校第一名，而且我還要上大學，
讓他們驚訝得目瞪口呆。
他們總是一直問，我到底是跟誰學的……
總有一天，我要讓他們一個一個排隊跟我說：
「你一定是跟我學的，你真的跟我很像，
我在你身上看見了自己。」那些現在說
「受不了我」的人，總有一天會後悔的……
你們等著看吧……再見了，親愛的筆記本。
我不能再為這些事浪費時間了，
我還有很多事情要做。
我必須長大，成為一個很棒的人。

然後我把筆記本放回床底下，走出房間，默默吃我的晚餐……

就像大人期望小孩表現出來的那樣……

多年以後……

　　我在阿公的雜貨店裡當了二十個夏天的學徒，雖然曾經中斷過，但是我幾乎每個夏天都會去店裡幫阿公的忙。在這段時間裡，生活中有很多事情都發生了變化，無論是村子、雜貨店或我都一樣。

阿公的年紀愈來愈大，現在不戴眼鏡就沒辦法看報紙或使用磅秤。從前我們店裡賣的那些商品，有很多都消失了。比如，現在每個人都有手機，再也不需要公用電話代幣；沒有人會穿白色的襪子；我們店裡不再提供脆皮甜筒杯；沒有人會指定要買阿奇漂白水。清潔狂人蘇麗耶、有頭痛毛病的盧菲耶伯母、得風溼病的梅拉哈特伯母，還有我那位對哈爾瓦酥糖情有獨鍾的曾祖母，現在已經不在人世。我敬愛的伊布拉欣伯伯去世了，威比叔叔也死了，村民們把他埋在他家的院子裡，讓他可以陪伴他的父母，我有時還會在他的墳墓前喝橘子汽水。我的爺爺幾年前把他的咖啡店交給別人經營了，我一直很懷念曾經讓我瞧不起的歐拉雷特……

　　一些聰明的生意人推出了櫻桃氣泡水，**我早就說過會這樣**……而且賣得很好，我自己也有買。現在葵花籽都是預先包裝好的，我早就說過會這樣……所有人都在瘋有機食品……我也早就說過會這樣……而且到處都有人在辦生日派對。如果那時候他們願意聽我的，今天肯定會非常有錢，雜貨店也可以再蓋一層樓了……

　　但是我很高興他們沒有。我也很高興我們沒有擴大

店面……否則阿公會受不了的……

上個月，阿公打電話給我。我一接起電話，他就說他要把雜貨店收掉。

我問了一連串的問題。

「什麼？為什麼？什麼時候？發生了什麼事？你還好嗎？」

以前他一定會這樣問。

他說他累了，他開雜貨店已經開了三十五年了。

「我要退休了，我再也沒辦法那麼早起，也沒辦法讓雜貨店一直開到深夜。我累了，太累了……」他說。

「承認吧，你不能沒有我。」

他笑了。

「我承認。你就這樣離開了，留下我一個人應付那些瘋狂的顧客。」

我現在住在另一個城市，照著我寫的最後那篇文章繼續實現我的理想。我念了書，而且努力工作，雖然我沒有得到全校第一名，但是我上了大學，而且成為一位作家，讓大家驚訝得目瞪口呆。

那些總是拿「**你到底是跟誰學的**」這句話來問

我的人，現在都說我一定是跟他們學的。

「當然是跟你學的！」我都會在心裡這麼說。

你以為我會忘記這一切嗎？**不會的……**

孩子永不遺忘，就算長大也一樣……

「孩子會原諒，但是永不遺忘！」

國家圖書館出版品預行編目資料

雜貨店的囧學徒/莎敏・亞夏爾著;謝維玲譯.
-- 初版. -- 臺北市:幼獅文化事業股份有限公司, 2023.12
面;　公分. -- (小說館;40)
譯自:Dedemin bakkali.

ISBN 978-986-449-308-1(平裝)

864.159　　　　　　　　　　　　　112018488

· 小說館040 ·

雜貨店的囧學徒

作　　　者=莎敏・亞夏爾 Şermin Yaşar
繪　　　者=莫爾特・圖根 Mert Tugen
譯　　　者=謝維玲
出　　版　者=幼獅文化事業股份有限公司
發　行　人=葛永光
總　經　理=洪明輝
總　編　輯=林碧琪
主　　　編=沈怡汝
編　　　輯=陳宥融
美 術 編 輯=李祥銘
特約美術編輯=董嘉惠
總　　公　司=10045臺北市重慶南路1段66-1號3樓
電　　　話=(02)2311-2832
傳　　　真=(02)2311-5368
郵 政 劃 撥=00033368

印　　刷=崇寶彩藝印刷股份有限公司
定　　價=360元
港　　幣=120元
初　　版=2023.12
書　　號=987263

幼獅樂讀網
http://www.youth.com.tw
幼獅購物網
http://shopping.youth.com.tw
e-mail:customer@youth.com.tw

行政院新聞局核准登記證局版臺業字第0143號

年輕時在
雜貨店前
的阿公。

雜貨店老闆
我的阿公。

雜貨店阿公。